KRIMI**AUT**OR|NNEN

MordsZeit

3

Mörderische Geschichten für zwischendurch der
Österreichischen Krimiautor:innen

Impressum:
© Karina-Verlag, Wien
VLB-5263700
www.karinaverlag.at

Texte: Österreichische KrimiautorInnen
Illustrationen: Karina Pfolz
Layout: Karina Pfolz
Lektorat: Bruno Moebius
Covergestaltung: Karina Pfolz
Coverbild: Pixabay

© 2024, Karina Verlag, Vienna, Austria,
Print: ISBN: 978-3-903-1615-35

KRIMI**AUT**OR**I**NNEN

MordsZeit

3

Mörderische Geschichten für zwischendurch der
Österreichischen Krimiautor:innen

Dieses Buch unterstützt die

kinder
krebshilfe
WIEN·NÖ·BGLD

Autorinnen und Autoren 107

Mord in der Kellertrift

Der Tote lag in der Kellerröhre. Auf den ersten Blick hätte man ihn für schlafend halten können. Der Mann wäre nicht der erste gewesen, der seinen Rausch abseits des eigenen Bettes ausgeschlafen hätte.

»Erschlagen«, konstatierte der Gerichtsmediziner. Der Hinterkopf wies eine hässliche Wunde auf, in der breiigen Masse funkelten dutzende Glassplitter im schummrigen Licht. Der Mediziner wies auf den Rest einer Flasche. »Ein Zweigelt Reserve von der Hasenecken. Schade um den guten Tropfen!«

»Können Sie schon etwas zur Tatzeit sagen?«

»Ich würde schätzen vor drei bis vier Stunden.«

»Also, zwischen acht und neun«, sagte Denk mehr zu sich selbst und kehrte in das Presshaus zurück, um den Sohn des Toten zu befragen.

»Wann haben Sie Ihren Vater eigentlich gefunden?«

»Vor einer halben Stunde«, erwiderte Hans Weber ungerührt.

»War es üblich, dass Sie Ihrem Vater um diese Zeit einen Besuch abstatten?«

Der junge Mann schüttelte den Kopf. »Ganz im Gegenteil. Ich bin meinem Vater, so weit es möglich war, aus dem Weg gegangen.«

»Und warum war das heute anders?«

»Meine Mutter hat mich gebeten, nach ihm zu schauen. Meine Eltern hatten einen wichtigen Termin in Hollabrunn und sie hat vergeblich auf ihn gewartet. Natürlich bin ich davon ausgegangen, dass er wieder einmal schon am Vormittag sturzbetrunken ist. Aber als ich ihn dann so liegen gesehen habe, war mir klar, dass …«

Er schluckte schwer, in seinem Gesicht spiegelte sich zum ersten Mal die Betroffenheit über den Vorfall wider.

Auch wenn es Denk stets schwerfiel, sich nach dem Alibi eines trauernden Angehörigen zu erkundigen, konnte er nicht darauf verzichten.

»Ich war um diese Zeit in der Arbeit. Meine Kollegen können das sicher bezeugen.«

»Hatte Ihr Vater eigentlich Feinde?«

Hans Weber stieß ein gekünsteltes Lachen aus.

»Ob er Feinde hatte? Es gab im Ort kaum jemanden, mit dem er nicht zerstritten war.«

»Dann stelle ich die Frage anders: Gab es jemanden, der seinen Tod herbeiwünschte?«

Der Sohn nickte und wies mit der Hand um sich. »Unsere unmittelbaren Nachbarn werden hocherfreut sein, dass mein Vater das Zeitliche gesegnet hat.«

Nachdenklich trat der Inspektor ins Freie. Die Kellergasse in Hadres gehörte zu den schönsten im Weinviertel. Die Presshäuser waren liebevoll instand gesetzt worden, der Wein zählte zu den besten im Land. Der Beamte, der vor dem Tatort Stellung bezogen hatte, versicherte ihm, dass noch niemand genauere Kenntnis von der Tat hatte.

Die Tür zum Nachbarpresshaus stand offen. Denk trat ein.

»Kriminalpolizei?«, wunderte sich Josef Bach. »Ich dachte, es handelt sich um einen Unfall.«

»Wie kommen Sie darauf?«

»Warum sollte sonst der Notarztwagen vor dem Keller parken? Weber war oft schon vor Mittag angetrunken. Da war es nur eine Frage der Zeit, bis er sich das Genick bricht.«

»Wo waren Sie eigentlich zwischen 8 und 9 Uhr heute Morgen?«

»Zuhause im Bett.

»Kann das jemand bestätigen?«

»Meine Frau«. Er zwinkerte Denk verschwörerisch zu, worauf dieser sich schnell verabschiedete und den Nachbarn gegenüber aufsuchte.

»Seit Jahren warte ich darauf, dass sich der Kerl zu Tode säuft. Erschlagen mit einer Weinflasche ist aber auch nicht schlecht.«

»Ihren Worten entnehme ich, dass Sie nicht gut auf ihn zu sprechen waren?«

»Weber war ein ekelhafter Mensch, dem es eine Riesenfreude bereitet hat, andere in Schwierigkeiten zu bringen.«

»Wo waren Sie eigentlich heute Morgen?«

Alois Hut holte eine Rechnung aus der Tasche und präsentierte sie Denk.

»Um 9.13 Uhr war ich in Retz einkaufen. Auf der Rechnung scheinen Datum und Uhrzeit auf.«

Die Angaben des Mannes stimmten, allerdings lag Retz weniger als 20 Fahrminuten entfernt.

»Darf ich Ihnen ein Glas Veltliner anbieten?«, erkundigte sich der Winzer, als er bemerkte, dass Denk die Weinflaschen aufmerksam musterte.

Dieser schüttelte den Kopf. »Herr Hut, Sie sind verhaftet!«

»Aber wieso?«, stammelte Hut konsterniert.

»Das will ich Ihnen sagen: Weil nur der Täter wissen kann, dass Weber mit einer Weinflasche erschlagen wurde.«

Ernst Schmid

Rotes Leben

Ich muss gehen. Zwar gefällt mir der Gedanke daran nicht besonders, aber es wird mir keine Wahl bleiben.

Meine Knochen fühlen sich so kalt an, als ob sie aus Eis wären. Ich habe Panik davor, mich zu bewegen, damit sie nicht brechen. Zumindest denke ich, dass dies passieren könnte. Die Kälte verbreitet sich langsam weiter. Es ist ein unangenehmes Gefühl – obwohl ich auf meiner Haut die Wärme der Sonnenstrahlen spüren kann, macht sich das Eis in meinem Inneren immer mehr Platz.

Bewegungen sind mir nur sehr verlangsamt möglich. Mein Gehirn versucht zu steuern, will meine Hand zum Telefon bewegen, um den Notruf zu wählen, aber sie befolgt den Befehl nicht.

Was in meiner Umgebung ist, das nehmen meine Augen noch auf. Ich kann es erkennen. Schärfer und klarer als sonst. Vielleicht ist doch etwas Wahres daran, dass einzelne Sinne intensiver arbeiten, wenn andere ausgeschaltet sind.

Ich fühle keinen Schmerz, nichts. Es tut nicht weh, das Weggehen.

Ich sehe Rot. Sehr viel Rot. Es fließt an meinem Körper entlang, rinnt über die weißen Fliesen des Badezimmers. Es sieht aus, wie ein kleiner Strom, der sich den Weg zum Duschabfluss im Boden bahnt. Nur etwas dicker als Wasser und rot.

Der gesamte Boden ist voll mit Spritzern und Wisch-spuren und ich weiß, dass ich das war.

Vorher, auf dem Weg zu meinem Hotelzimmer rempelte mich ein Mann von hinten so stark an, dass ich gegen die Wand stieß. Ein heftiger Schmerz durchzuckte mich, vernebelte sich aber rasch wieder. Schnell öffnete ich meine Zimmertüre und sank geschockt aufs Bett. Ich war so müde, wollte schlafen, doch da spürte ich, dass etwas Warmes über meinen Körper rann. Ein kleiner ro-ter Fluss verzweigte sich auf meiner Haut und begann sich auf dem Bett zu verteilen. Ich sammelte all meine verbleibende Kraft und schleppte mich ins Badezimmer. Hier war es besser, hier auf den Fliesen. Eine gute Ent-scheidung, denn der kleine Bach entwickelte sich zu ei-nem roten See auf den weißen Fliesen.
Ich wollte alles wegwischen. Ich wollte keine Unord-nung in dem Hotelzimmer hinterlassen. So etwas macht man einfach nicht. Aber es ging nicht, weil es immer mehr wurde.

Nun sitze ich auf dem Boden, dem weiß-roten Fliesen-boden eines Hotelbadezimmers und kann mich nicht mehr bewegen.
Aber denken kann ich ... an all die Dinge, die ich noch machen wollte ... all die Stunden, die ich verscho-ben habe ... all die Zeit, die ich nicht bekommen habe. An die verlorenen Sekunden eines verlorenen Lebens.

Wenn ich lachen könnte, dann würde ich es tun. Weil es so irrsinnig ist, so makaber.

Der Raum sieht aus, als ob ein Schwein hier abgestochen worden wäre. Aber es ist kein Schwein, es ist mein Leben, das da in den Abfluss rinnt.

Kalt, so kalt ist mir. Das Eis hat nun meinen gesamten Körper durchzogen. Kann man bei plus 25 Grad einfrieren?

Ich sehe nur mehr das Rot, die Umgebung nehme ich nicht mehr wahr. Bloß die Gedanken ... die funktionieren einwandfrei.

Ich merke, dass mein Körper umkippt. Aber ich weiß nicht, auf welche Seite, spüre keinen Aufprall.

Ich sehe Bilder in meinem Kopf. Es sind Bilder von Dingen, die ich versäumt habe. Gemischt mit guten Erinnerungen. Abwechselnd. Wie ein Trailer eines Lebens mit kurzer Bildfolge. Er wird immer schneller, aber auch blasser. Dann verschwindet alles, die Kälte ist nicht mehr spürbar, die Gedanken verstummen ...

*

»Wir haben sie wieder!«

Ganz schwach höre ich diese Worte. Mein Körper zittert in einem krampfartigen Schüttelfrost. Aber mir ist nicht kalt. Ich versuche die Lider zu öffnen ... so grell – das Licht.

Einige Decken liegen auf mir, eine Hand streichelt die meine. Es fühlt sich so sicher an.

Ich versuche meine Finger zu bewegen, schicke den Befehl an sie, und es klappt. Meine Finger drücken die fremde Hand in meiner.

Was mache ich hier? Wie bin ich hierher gekommen? Ich erinnere mich nur daran, dass ich ins Badezimmer gehen wollte.

Möchte schlafen ...

*

»Wir haben Sie wirklich im letzten Augenblick gefunden. Das Zimmermädchen im Hotel hörte ein seltsames Geräusch und ging ins Zimmer. Ein Glück, dass sie gerade vor Ihrer Tür stand, als Sie umkippten. Noch eine Minute ... und es wäre zu spät gewesen.«

Ich mag Rot. Rot ist meine Lieblingsfarbe. Weil Rot das Leben für mich bedeutet.

Doch niemals wieder werde ich auch nur eine Minute Wohlfühlen hinausschieben. Ich werde niemals mehr warten, sondern um mein Glück kämpfen. Und ich werde meine Hände auch denen reichen, die Hilfe brauchen, die es allein nicht schaffen. Selbst ein winziger Augenblick in der Nähe eines geliebten Menschen ist mehr wert als all das Geld und der Ruhm der Welt.

Karina Pfolz

Fallhöhe

Die ersten Mordgedanken gegen meine Mutter hegte ich im zarten Alter von fünf Jahren. Sie tobte, zertrümmerte mein Feuerwehrauto und ließ mich die Tapete mit Seifenwasser abbürsten, bis meine Finger wund waren, bloß, weil ich die Wohnzimmerwand verschönern wollte. Leider hatte ich nicht nur meine Finger wundgerubbelt, sondern auch ein Loch in die Tapete. Als sie erneut hysterisch schrie, landete der dreckige Schwamm in ihrem Gesicht – und ich für viele Stunden im Kellerfach.

Seitdem schlummert dieser Dämon in mir. Er wächst wie ein Tumor. Vom Magen aus schlurft er über meinen Rücken, presst sich an die Lunge, bis ich kaum mehr atmen kann. Schreien nützt manchmal, oder etwas gegen die Wand werfen. Aber tief in mir drinnen vegetiert dieses Biest weiter und ich weiß, dass ich erst frei sein werde, wenn SIE weg ist.

Mit dreizehn war es wieder so weit. Unsagbare Demütigungen waren dem Ausbruch vorangegangen.

»Was sind das für grausige Flecken?«, sagte sie und hielt mir das Leintuch unter die Nase. Ich hätte sie gleich damit ersticken sollen, aber ich wollte sie leiden sehen. Von nun an onanierte ich jede Nacht, ich war mir sicher, sie würde letztlich einem Herzinfarkt erliegen. Ihr Geschrei, wenn sie das Laken von der Matratze riss, ließ mich jeden Morgen von neuem hoffen. Doch dann entsorgte sie einfach mein komplettes Bettzeug und ließ mich tagelang nackt schlafen.

So machte sie es immer, schlug mich mit meinen eigenen Waffen.

Weil ich Süßspeisen hasste und ihr einmal ein Marillenknödel ins Gesicht schleuderte, bekam ich so lange ausschließlich Fleisch serviert, bis ich sie bekniete, mir endlich etwas anderes zu geben. Daraufhin setzte sie mir die vergammelten Knödel vor, die ich zuvor verweigert hatte. Mit Todesverachtung würgte ich zwei Stück hinunter, während ich Mutter im Geiste mit tiefgefrorenen Knödeln steinigte.

Mit dieser Aktion hatte sie mich beinahe gebrochen. Jahrelang gab ich mich ausschließlich Tötungsfantasien hin, ohne tatsächlich aktiv zu werden.

Doch dann tat sich eine Chance auf, die ich nicht ungenutzt lassen konnte, als sie dieses Medikament absetzen musste, weil sie davon regelmäßig Schwindelanfälle bekam.

Wir wohnten in einer Altbauwohnung im dritten Stock mit Mezzanin, direkt über einem Fitnessstudio. Trotz ihres Alters bestand Mutter darauf, jeden Samstag die Fenster zu putzen. Es war mir ein Leichtes, das Zeug in ihren Kaffee zu mischen. Natürlich konnte ich mich nicht allein auf die schwindelerregende Wirkung des Mittels verlassen, es sollte vielmehr eine glaubhafte Begründung für ihren Absturz liefern. Hatte sie eben irrtümlich zu den falschen Pillen gegriffen.

Pünktlich um zwei stand sie vom Mittagstisch auf. Während ich das Geschirr in die Spülmaschine schichtete, begann sie, im Wohnzimmer zu putzen. Mein Herz raste, als sie auf das Fensterbrett stieg, um die Oberlichte in Angriff zu nehmen.

Das Gebrüll des Siegers beflügelte mich, als ich sie an den Hüften packte, um ihr den befreienden Stoß zu geben. Aber sie klammerte sich am Mittelpfosten des Fensters fest wie ein Äffchen und trat mir ins Gesicht. Ich musste zu ihr aufs Brett steigen, um ihre Krallen zu lösen.

Die Kraft, die auch eine Siebzigjährige im Anblick des Todes entwickeln kann, hatte ich unterschätzt.

Plötzlich ließ sie los, vielleicht hatte der Schwindel endlich von ihr Besitz ergriffen. Unter uns schrie jemand erschrocken auf. Für einen kurzen Augenblick war ich unachtsam.

Wie in Zeitlupe erlebte ich meinen eigenen Fall. Etwas Hartes rammte sich mir unterwegs in den Bauch. Wie sich später herausstellte, riss ich noch einen Bodybuilder, der sich zu weit aus dem Fenster gelehnt hatte, mit in die Tiefe. Zusammen durchstießen wir das Dach eines parkenden SUVs. Der Typ war sofort tot, aber er – und das Autodach – hatten meinen Aufprall gebremst.

Nun sitze ich im Rollstuhl wie ein Zombie. Die Leute meinen, ich würde nichts mehr mitbekommen, aber SIE weiß es besser. Jeden Abend vor dem Schlafengehen flüstert sie mir ins Ohr:

»Liebling! Erst wenn *ich* krepiere, wirst auch *du* erlöst sein.«

Als ob ich das nicht schon immer gewusst hätte.

Beate Ferchländer

Mord im Wurstelprater

Es war ein feuchtfröhlicher Abend bei peripheren Freunden. Bier, Wein und Sekt flossen in Strömen. Es wurde gelacht, getanzt und getrunken. Irgendwann wurde die Bar entdeckt und geplündert. Dann wurden die Ersten waidwund. Gläser fielen zu Boden, Flaschen wurden umgeschüttet, die Sprache wurde undeutlicher und die Witze sanken auf ein tiefes Niveau.

Um Mitternacht machte der Gastgeber dem Treiben ein Ende und komplimentierte die acht – schon sehr gezeichneten – Personen hinaus.

Dick vermummt stapften Kurt und Angelika durch den frisch gefallenen Schnee.

»Wo gehst du hin?«, schrie Angelika hysterisch auf.

Genervt blieb Kurt stehen. »Durch den Wurstelprater, wenn es der gnädigen Frau recht ist. Durch die Abkürzung sparen wir uns leicht eine viertel Stunde Fußmarsch.«

»Im Prater treibt sich doch jede Menge Gesindel und Prostituierte herum.«

»Eben. Da wirst du dich richtig heimelig fühlen …«

»Wie meinst du das?«

Kurt wurde lauter. »Ja glaubst du, ich habe nicht gesehen, wie du mit diesem Baumeister-Wappler herumgeturtelt hast?« Seine Stimme wurde zum Falsett. »Holst uns noch ein Sekterl? So viele Leute arbeiten in deiner Firma? Wo kaufst du deine schicken Anzüge? Bist du schon vertraglich vergeben? Zum Kotzen …«

»Ach ja? Und du?«, schnaubte sie. »Deine Augen hatten im Dekolleté dieser aufgemotzten Tussi schon eine

Dauerparkkarte! Dir ist schon der Speichel aus den Mundwinkeln geflossen! Erbärmlich, wie sich Männer zum Trottel machen können!«

»Fick dich!«, schrie Kurt mit hochrotem Kopf. »Jetzt kann ich mir wenigstens vorstellen, wie du auf deiner Station um die Ärzte herumscharwenzelst! Die unschuldige Krankenschwester, die alle Wünsche erfüllen kann!«

»Du bist so ein Arsch! Wie konnte ich dich nur heiraten!«

»Dann lass dich doch scheiden!«, fauchte Kurt und stieß sie mit beiden Händen von sich. »Pack deine Klamotten und schleich dich aus *meiner* Wohnung! Du gehst mir nämlich schon die längste Zeit auf die Nerven!«

»He, du Aschloch!«, hörten sie eine tiefe Stimme hinter sich. »So spricht man nicht mit sich. Auch nicht mit die Frau! Dafür musst du Strafe zahlen, her mit Geld!«

Hinter ihnen waren unbemerkt drei gar nicht so furchteinflößende Halbwüchsige im Sweater aufgetaucht. Alle hatten die Kapuze über dem Kopf. Der Wortführer hatte zusätzlich ein Klappmesser in der Hand und vollführte skurrile Bewegungen damit.

»Verpisst euch, ihr Scheißtürken!«, zischte Kurt – durch seinen Alkoholkonsum mutig – und ging ihnen einen Schritt entgegen.

Der Wortführer grinste und stach zu. Kurt machte eine instinktive Abwehrbewegung. Das Messer stak in seinen Oberarm. Die drei Jugendlichen liefen in Panik davon. Kurt schleppte sich zu einer Parkbank, zog mit einem Ruck das Messer aus seinem Arm, gab es ihr in die

Hand und keuchte: »Ruf den Notruf an, Angelika! Aber keine Sorge, es ist nur eine Fleischwunde …«

Nach nicht einmal zehn Minuten waren Polizei und Rettung vor Ort. Eine halbe Stunde später trafen auch Leute der Kriminalpolizei, der Spurensicherung und der Gerichtsmedizin ein.

»Was können Sie mir sagen?«, fragte der leitende Beamte vom Landeskriminalamt den älteren, glatzköpfigen Herrn, der die Leiche untersuchte.

»Nicht viel«, beteuerte der Gerichtsmediziner. »Am linken Oberarm befindet sich eine oberflächliche Fleischwunde, die dem Opfer *ante mortem* zugefügt worden sein muss, also vor seinem Exitus. Die Todesursache ist eindeutig ein Herzstich mit einem Klappmesser, welches noch in seinem Brustkorb steckt. Der Tod muss sofort eingetreten sein.«

Angelika saß inzwischen im Krankenwagen und wurde umsorgt. »Der psychosoziale Dienst muss auch jeden Moment eintreffen«, sagte der Sanitäter besänftigend. »Ein wenig Geduld, sie Ärmste! So leicht verkraftet man derartige Extremsituationen nicht.«

Während ihr Blutdruck gemessen wurde, dachte sich Angelika: *Den Baumeister kann ich aber erst in einer Woche anrufen. Als Witwe bin ich jetzt eigentlich eine gute Partie!*

Langsam zog sie ihre Handschuhe aus. Und nach vielen Jahren konnte man wieder ein leichtes Lächeln in ihrem Gesicht erspähen.

Alexander Kautz

Sarah in the City

Es ist erneut ein verdammt heißer Sommertag im Juli und die Dunkelheit senkt sich bereits über Wien. Sarah stört die sengende Hitze im Taxi nicht. Vielmehr ist sie damit beschäftigt, eine glaubwürdige Geschichte zu erfinden, die sie ihrem Freund Thomas auftischen kann, um zu erklären, warum sie sich wieder nicht treffen können. Sie ist um keine Ausrede verlegen, wenn es darum geht, und schiebt meistens ihre Arbeit vor. Thomas fragt selten nach und zeigt sich immer verständnisvoll. Er ist ein angenehm ruhiger Typ, nicht eifersüchtig und hat – wie die meisten – ständig sein Smartphone in der Hand. Sein angesehener Job als Teamleiter bei einer Behörde füllt ihn vollkommen aus.

Wiederholt bemerkt sie das dunkle Auto, das dem Taxi zu folgen scheint. Leichtes Unbehagen steigt in ihr auf. Sarah hat bei ihrem Kennenlernen behauptet, sie sei 25 Jahre alt und Reporterin bei einer Wiener Tageszeitung, als Thomas sie nach ihrer Arbeit gefragt hat. Die beiden sehen sich nun seit einem Jahr, doch er ist für sie nur ein netter Zeitvertreib. Man hat Sarah – in Wirklichkeit ist ihr Name Bettina – vor einiger Zeit einen Job angeboten, als sie sich für Fotoaufnahmen bei einer Agentur bewarb. Das diskrete Shooting mit einem Fotografen in einem Hotelzimmer klang verlockend. Sie nahm sofort an, Auftraggeber unbekannt. Bisher war der dreißigjährigen Bettina das Glück im Leben versagt geblieben. Ihr verstorbener Mann war spielsüchtig, hatte sich umgebracht, einen Berg von Schulden hinterlassen und sie in den Ruin gestürzt. Mit ihrer Anstellung als Zahnarzthelferin war es ihr nicht möglich, die hohe finanzielle Belastung zu stemmen.

»Geht noch mehr, Schätzchen?«, fragte sie der Fotograf beim ersten Shooting und starrte sie gierig an.

Er sah großartig aus, war trainiert und ein wenig arrogant. Er übte auf sie eine magische Anziehung aus. Mit seinem Auftreten und Gehabe faszinierte er sie. Mehr aber gefiel ihr sein starker Körperbau, den sie intensiv spürte, als sie mit ihm schlief. »Wo lernt man bloß, so selbstsicher zu sein?«, fragte sie sich. Der Sex war nur Mittel zum Zweck, um an ihr Ziel zu kommen. Seither kommt sie regelmäßig in dieses heruntergekommene Hotel, um erotische Bilder zu machen. Nachdem die Fotos geschossen sind, kümmert sich Sarah nicht weiter darum und lässt sich gerne verführen. Die versteckte Kamera in dem gläsernen Luster bemerkt sie nicht. Sie genießt das Vergnügen mit dem einfallsreichen Fotografen. Zusätzlich wird ihr das Geld bar ausbezahlt. So kann sie wieder ein »normales« Leben führen. Dass heimlich gefilmt wird und die Videos inzwischen auf unterschiedlichen Portalen gegen Bezahlung online verfügbar sind, bleibt unerwähnt. Ihr Smartphone nutzt sie nur für SMS und Telefonate. Sarah hält im Gegensatz zu Thomas nichts von Social-Media-Plattformen samt unzähligen Influencern und Selbstdarstellern.

Sarah ist eine halbe Stunde zu früh. Als sie den schummrigen Gang zum Hotelzimmer betritt, hört sie einen dumpfen Knall. Wahrscheinlich hat sich jemand im Stockwerk geirrt, denkt sie und beschleunigt ihre Schritte. Irgendetwas stimmt trotzdem nicht, denn die Tür zu ihrem Hotelzimmer ist unverschlossen. Das Licht brennt und genau unter dem Luster steht ein Mann. Es ist Thomas, er hält eine kleine Kamera in der Hand und macht einen überraschten Eindruck.

Sarahs Herz hämmert und plötzlich schwant ihr Übles. Ihr wird bewusst, dass Thomas die ganze Zeit ein falsches Spiel mit ihr getrieben hat. Nachdem er zugegeben hat, sie nur benutzt zu haben, rastet Sarah völlig aus. Sie schreit, schlägt wild um sich und droht, zur Polizei zu gehen.

»Haben Sie ein Foto von Ihrer Freundin auf dem Handy?«, will der korpulente Polizist von Thomas wissen, als dieser dabei ist, eine Vermisstenmeldung zu machen. Mit dem Namen Sarah B. bei einer Wiener Tageszeitung kann der Beamte nichts anfangen. Beim Anblick des Fotos steigt ihm Röte ins Gesicht. Er kennt die hübsche Blondine von OnlyFans, wo er ein Abo hat und sich seine Nächte vertreibt.

Franz Preitler

Fünf Minuten

Dieser Text ist eine Kurzgeschichte. Handlungen und Personen sind frei erfunden. Ähnlichkeiten mit ... Ach was, wenn Sie das Konzept von Fiktionalität nicht verstanden haben, kann ich Ihnen auch nicht helfen.

Sie sitzt da, mitten auf der Bühne.
Sie wird gesehen, wahrgenommen.

Darauf hat sie nämlich geachtet, dass sie in der Mitte sitzt, nicht ganz am Rand außen oder auf dem Sessel, den der Techniker im letzten Moment noch aufs Podium gehievt hat, als er bemerkte, dass es nicht vier sondern fünf Lesende gibt.

Das ist der Platz, auf den sie gehört. In die Mitte, wo man sie sehen kann, von den Scheinwerfern perfekt ausgeleuchtet, keine unschönen Schlagschatten im Gesicht. Gerade in den Medien kommt es ja immer auch auf die Optik an. Gutaussehende Autorinnen haben es leichter. Davon ist sie überzeugt.

Man muss die Qualitäten nutzen, die man hat.

Sie nutzt die Gelegenheit.

Genau hier, auf der Bühne der Buchmesse, ist sie auch schon im letzten Jahr gesessen.

Fünf Minuten, hat es geheißen. Fünf Minuten, mehr nicht.

Mehr war offenbar für belletristische Literatur – Kriminalliteratur – nicht vorgesehen. Denn bevor dieser Preisträger, der eine, der immer mit dieser extravaganten Brille den Intellektuellen mimte und heimlich, wenn er meinte, dass gerade keine Kamera auf ihn gerichtet war, in der Nase bohrte, der irgendwo von hinter-den-sieben-Bergen hervorgekrochen war, sich auf dem Podium von alten weißen Literaturkritikern beweihräuchern lassen durfte, musste die Bühne natürlich fünf Minuten lang leer sein. Gereinigt von den Ausdünstungen aus den Niederungen der Unterhaltungsliteratur …

Genau diese fünf Minuten waren es gewesen.

Fünf Minuten, die der Kriminalliteratur nicht mehr zur Verfügung standen.

Fünf Minuten, die sie früher von der Bühne gehen mussten, um Platz für den preisgekrönten Brillenträger und seine alten weißen Reich-Ranicky-Verschnitte zu machen.

Diese fünf Minuten hatten ihr die Lesung auf der Buchmesse gekostet. Fünf Minuten zu wenig für ihren Krimi. Für die anderen, für die war natürlich noch Zeit gewesen, für den einen mit einer Stimme wie Donald Duck, für die Spätberufene, die ihre Sätze betonte wie ein Volksschulkind, für den Möchtegern-Hardboiled-Autor, der lässig von irgendwelchen Zetteln lesen wollte und dabei seine eigene Schrift nicht mehr entziffern konnte.

Für die schon, aber für sie nicht!

Aber diesmal ist es anders.

Sie sitzt da, mitten auf der Bühne, achtet auf ihre Haltung. Wenn man vor Publikum auftritt, spielt man immer seine Rolle, auch wenn gerade jemand anderes das Wort hat.

Sie weiß genau, wie sie sitzen muss. Die Beine nur leicht überkreuzt, lässige Eleganz, die ihre gute Figur zur Geltung bringt. Konfektionsgröße 36 - und noch keinen einzigen Tag in ihrem Leben Diät gehalten. Allein dafür würden andere schon morden ... bloß hätten die wahrscheinlich nicht das Zeug dazu, darüber auch noch einen brauchbaren Krimi zu schreiben.

Ein Arm leicht aufgestützt. Nur nicht zurücklehnen, das wirkt schlampig. Und die Stimme trägt dann auch nicht so gut beim Lesen.

Sie hat eine gute Stimme. Jedenfalls eine bessere als andere Autorinnen, die ihre überreichen Auszeichnungen mit einer Mäuse-Entchen-Quietsche-Stimme entgegennehmen, dass man sie auf der Stelle am liebsten in die Sesamstraße verbannen würde.

Nein, sie hat mehr zu bieten. Viel mehr.

Diesmal genießt sie ihre fünf Minuten. Kostet sie aus, jede Sekunde davon. Sie spürt die Blicke der anderen Autoren neben sich. Alle tragen sie scheinbar interesseloses Wohlgefallen zur Schau, krampfhaft bemüht, keine Begeisterung zu verraten.

Das wäre unprofessionell.

Sie weiß auch so, dass sie gut ist. Richtig gut. Es braucht nur noch diesen einen Funken, der ihre Krimis so richtig bekannt macht, eine Initialzündung zum Erfolg.

Ihre Stimme findet wie von selbst genau die richtige Tonlage, um ihren Text zum Schluss in einer schwebenden Spannung zu halten. Dann folgt der Applaus. Endlich.

Nach der Abmoderation verlassen sie die Bühne. Sie weiß genau, wie sie sich bewegen muss, umangestrengt, eine Autorin, die noch viel zu bieten hat. Eine Autorin, die gerade erst begonnen hat.

Sie lächelt. Schiebt mit dem Fuß unauffällig eine überaus extravagante Brille hinter den Bühnenaufbau. Ein Sprung im Glas, eine braunrote Schliere.

Die Reich-Ranicki-Verschnitte werden die nächste Diskussion wohl ohne ihren gefeierten Preisträger bestreiten müssen. Sie hatte ihre Rache. Sie hatte ihre fünf Minuten.

Gudrun Wieser

Der Professor
Ein Mord in einem Satz

Der Professor, dessen Name für diesen Kriminalfall eigentlich unerheblich ist, aber, wenn schon nicht um der leichteren Lesbarkeit willen, so doch der Vollständigkeit halber mit Theophil – denn seine Eltern waren fromm und konnten griechisch - Ignaz Zeppetzauer angegeben werden soll, weshalb er schon in seiner Schulzeit durch seine Klassenkameraden und später Kommilitonen regelmäßig allen möglichen ebenso kreativen wie infamen Schmähungen ausgesetzt war, und aus diesem Grunde, gekränkt von der Oberflächlichkeit der Welt, den leichten Vergnügungen des Lebens bereits früh den Rücken kehrte, um stattdessen den Weg eines Gelehrten einzuschlagen,

lag leblos, denn etwas anderes stand angesichts seiner bläulichen Blässe, welche sich bedenklich mit der Farbe seiner lindgrünen Krawatte schlug, den verdrehten Gliedmaßen, die mit ihrer dürren Länge keineswegs auf einen sportlich veranlagten Menschen, sondern vielmehr auf einen verkrümmt am Schreibtisch sitzenden Leser hindeuteten, und der längst vertrockneten Spucke in seinem Mundwinkel für die erst nach mehreren Tagen von einem Studien-Assistenten aufgrund des ungustiösen Geruchs, der sich auf einmal in der Fachbibliothek breitmachte, hinzugezogenen Ermittlungsbeamten nicht mehr zur Debatte,

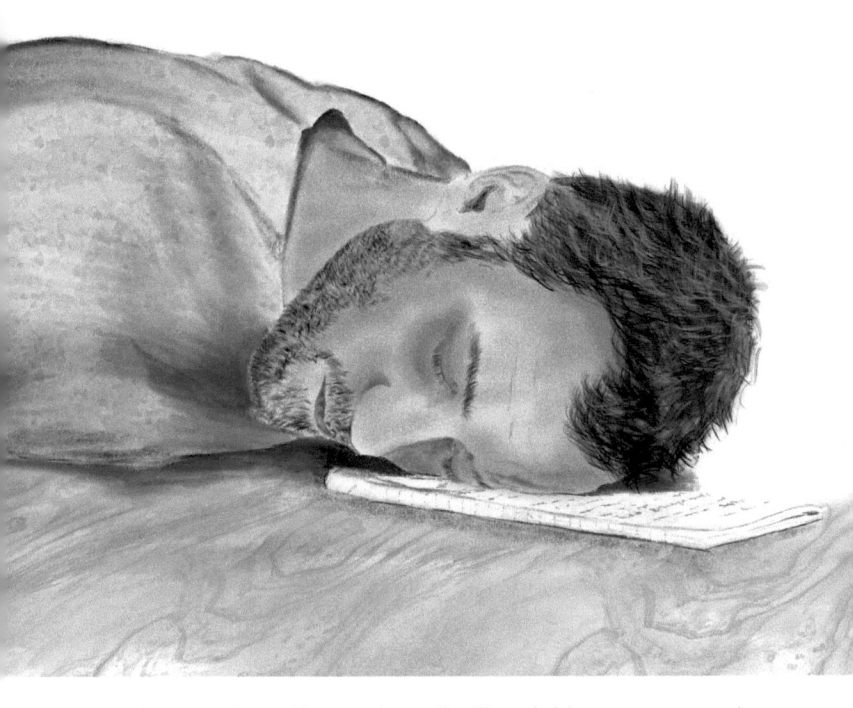

auf einer Abhandlung über die Entwicklung grammati-
kalisch redundanter Satzstrukturen im ausgehenden
zwanzigsten Jahrhundert, seiner Lieblings-Doktorarbeit,
derer er ganze drei verfasst hatte, zumal er sich neben
dem Fach der Germanistik, in welchem er den großen
Begründern dieser Wissenschaft, den Brüdern Grimm,
wie nur die wenigsten wissen, denn im Allgemeinen
verbindet man mit den beiden bestenfalls die Kinder-
und Hausmärchen, von denen man jedoch nur die al-
lerwenigstens kennt – wer hat denn je von Frieder und
dem Catherlieschen gehört? – nacheifern wollte, auch
der Klassischen Philologie und der Byzantinistik widme-
te, wobei er sich lediglich in ersterer habilitiert hatte,

denn der Satz, den sein Mörder, dessen Namen wir in dieser Geschichte leider nicht erfahren werden, da es die Erzählstruktur sowie den Aufbau dieses ganzen Konstrukts erheblich verkomplizieren würde, ganz allein für ihn verfasst hatte, um zu beweisen, dass es für ein gut geplantes Tötungsdelikt nicht unbedingt eine scharfe Waffe, Gift oder andere Mittel aus der Sphäre der brutalen Gewalt, in der die Menschheit im Allgemeinen ja nur zu gut bewandert war, bedurfte,

hatte sich mit seinen unendlich vielen Nebensätzen, vorrangig Final-, Kausal- und Konzessivsätzen, ganz zu schweigen von Relativsätzen, sowie einer Fülle an Appositionen, allerdings ohne jene satzwertigen Konstruktionen wie dem Avlativus Absolutus oder dem Participium Coniunctum, welche das Latein zu so einer herrlichen, präzisen, klaren und aussagekräftigen Sprache machen, **so fest um seinen Verstand**, welcher bislang mit höchster Präzision und glasklaren Schlussfolgerungen so manchen anderen hochgelehrten Professor von einer weit renommierteren Universität in den Schatten gestellt hatte, weshalb er in Insider-Kreisen sogar mehrfach für den Nobel-Preis vorgeschlagen worden war, was allerdings nie zur Durchführung kam, da man die Geisteswissenschaften – Schande über diese materealistischen Banausen! – im Allgemeinen für weniger relevant hält als die Naturwissenschaften, die vielleicht etwas gegen den Klimawandel bewirken können, aber dabei den menschlichen Verstand und das Gefühl für Ästhetik verkümmern lassen, **geschlungen,**

dass er schließlich den Tücken der Grammatik, dieser wunderschönen abstrakten Vollendung nuancenreicher menschlicher Kommunikation, die er doch so sehr verehrte und in all ihren Schattierungen genoss, ja sogar den Konjunktiv II liebte er und erfreute sich geradezu wollüstig daran, wenn jemand ein Futurum exactum korrekt verwendete – denn das Abendland wird untergegangen sein, wenn einmal niemand mehr diese Feinheit der deutschen Sprache zu schätzen weiß –, **erlag und**

ein tragisches Ende, welches hiermit zu unser aller Enttäuschung auch auf dieses ausfernd lange Satzgefüge, das zugleich ein ganzer Kriminalfall war, zukommt, **finden musste.**

Gudrun Wieser

Mordslebensretter

»Sauerei!« Ich knalle zwei Flaschen aus dem stark geschrumpften Biervorrat auf den Tisch. »Jetzt geht auch noch das Bier aus.«

»Weißt eh, was wir heut Nacht machen, oder?« Mein Bruder grinst übers ganze Gesicht.

Ich weiß es. Nachdem das Auto hin ist, und allmählich Bier, Zigaretten und Lebensmittel zu Ende gehen, hat der Joe vorgeschlagen, die Tankstelle am Ortsausgang zu überfallen.

»Die Tankstelle? Echt?« Ich habe Schiss.

»Ja, echt! Was willst denn sonst tun? Ohne Auto sind wir aufgeschmissen.«

Ich schnauf durch die Nase aus wie ein gereiztes Nilpferd und muss zugeben, dass das leider stimmt.

Normalerweise arbeiten wir so, dass der Joe sich für einen Heizungsableser, Störungsbeseitiger oder was auch immer ausgibt und die Wohnungsinhaber ablenkt, während ich mich auf die Suche nach Geld oder Schmuck mache. Aber als Trickdiebe müssen wir unser Gesicht zeigen. Natürlich arbeiten wir nur auswärts, und ohne Auto können wir's vergessen.

»In Ischl kennt uns doch jeder, und die Tankstelle ist in Ischl«, wende ich ein. Überwachungskameras haben sie da auch überall.«

»Nehmen wir halt einen Schal übers Gesicht. Kalt g'nug ist es eh. Wo ist die Puffn?«

Ein paar Stunden später stellen wir unsere Fahrräder an der Einfahrt zur Tankstelle an der Wolfgangsee-Bundesstraße ab.

Wir nähern uns dem Shop.

Joe späht durch die Scheibe. »Ein Madl«, stellte er zufrieden fest. »Und sie ist allein. Also, los - komm!«

Hinter uns auf der Straße knallt es infernalisch.

»Scheiße«, schimpft Joe.

Ich renne los.

Ein Audi hat sich um den dicken Baum hinter der Tankstelleneinfahrt gewickelt. Der Fahrer steckt zwischen Sitz und Airbag fest.

Der Joe ist nachgekommen. »Geh, leck ...«

Ich packe den Eingeklemmten unter den Achseln und ziehe, was das Zeug hält.

Der krallt sich an mir fest, als würde er ersaufen. Ich hab ihn draußen, er stöhnt auf, löst den Klammergriff und sackt ohnmächtig zu Boden.

Ich hocke mich neben ihn, lege ihm die Hände auf die Brust. »Ruf die Rettung«, blaffe ich den Joe an.

»Bist narrisch? Die holen doch die Kieberer!«

»Willst ihn abkratzen lassen?«

»Die hängen uns noch einen Mord an«, jammert Joe.

Im selben Moment taucht das Mädel vom Tankstellenshop auf.

Sofort zerrt Joe sein Handy aus der Hosentasche. Er ruft an.

»Staying alive, staying alive.

Ah ha ha ha staying alive …«

Ich untermale die Herzdruckmassage mit lautem Gesang, auch noch als die Rettung, und fast zugleich ein Streifenwagen mit zwei Polizisten darin ankommt.

Aus dem Augenwinkel sehe ich, wie der Joe zusammenzuckt.

Die Rettungsleute übernehmen sofort die Versorgung des Verletzten. Sie schieben ihn mit der Tragevorrichtung in das Fahrzeug. Und schon fahren sie los.

Der jüngere Polizeibeamte durchwühlt den Unfallwagen, der ältere will unsere Ausweise sehen.

In dem Moment trifft ein ziviles Fahrzeug mit aufgesetztem Blaulicht ein. Ein Mann und eine Frau springen heraus.

Der Mann stellt sich und seine Kollegin vor. Ich verstehe nur Chefinspektor und Kripo.

»Die Kripo … ah so … ja …«, stottere ich, und der Joe dreht an einem Knopf seiner Jacke, als wollte er ihn abmontieren.

Der Uniformierte übergibt dem Krimineser unsere Ausweise.

Der mustert uns, dass mir ganz komisch zumute wird.

Da nähert sich der junge Polizist mit einer Reisetasche. »Herr Chefinspektor, die Beute ist sichergestellt. Sie war im Wagen.«

Bei dem Wort Beute zucke ich zusammen. Beute? Wir haben doch noch gar nicht …

Zwei Tage später sitzen der Joe und ich am Küchentisch vor der aufgeschlagenen Zeitung und betrachten das Foto, das der Reporter von uns gemacht hat.

»Mordslebensretter«, liest der Joe laut vor. »Ein Brüderpaar aus Bad Ischl rettet einem Raubmörder das Leben und gibt so der Justiz die Möglichkeit, den Verbrecher seiner gerechten Strafe zuzuführen.«

»Irgendwie schon geil«, sage ich. »Und die 10.000 Euro Belohnung erst!«

Der Joe seufzt. »Als Trickbetrüger können wir einpacken. Wir sind jetzt bekannt wie die bunten Hunde.« Er betrachtet noch einmal das Foto und grinst. »Aber halt schon geil!«

Jenna Theiss

Die Burgherrin

Starr sah Kathrina hinaus auf den Hof. Die Luft war angenehm kühl in ihrer Kammer. In einer Hand hielt sie den Stickrahmen, in der anderen die Nadel. Normalerweise liebte sie es, wenn sie Zeit zum Sticken hatte. Als Burgherrin hatte sie es ja kaum. Es gab unendlich viel zu tun, auch wenn man meinen sollte, dass sich die Mägde und Knechte um alles kümmerten.

Angespannt wandte sie sich wieder ihrer Stickerei zu. Wann würde er zurückkommen? Er war bereits seit Tagen mit seinem Gefolge auf der Jagd. Friederich, ihr Gemahl. Sie wurde vor zehn Jahren mit ihm verheiratet, sie war damals vierzehn. Trotzdem würde sie ohne ihn nichts sein, trotz ihrer adeligen Herkunft. Noch mal verheiratet werden? Das würde sie nicht aushalten! Friderichs Launen, seine Eifersucht, seine speziellen Wünsche bei Zärtlichkeiten, die ständigen Vorwürfe, wieso sie kein Kind von ihm erwartete. Ja, sie war bereits mehrmals schwanger gewesen, hatte jedoch aus irgendeinem Grund alle Kinder verloren.

Stunden vergingen. Der Hof war nach wie vor menschenleer. Es war drückend still. Selbst das Vogelgezwitscher war kaum zu vernehmen. Doch plötzlich ertönte wildes Hufgetrappel. Kathrina erhob sich und sah aus dem hohen Fenster. Dort unten am gepflasterten Hof war Friederich, hoch zu Ross. Stolz. Ein toter Hirsch lag auf einem Lastpferd, das er hinter sich herzog. Hunde begrüßten die Truppe freudig. Ein Gekläffe und Gebelle. Stallknechte übernahmen die Pferde, Mägde liefen umher. Da war das Leben wieder. Kathrina atmete durch. Sie liebte Friederich nicht, trotzdem war sie froh, dass er wieder zu ihr zurückgekehrt war. Ruhig beobachtete sie die Szene. Oh, da war sie wieder, diese Magd, die um ihren Gemahl herum scharwenzelte. Kathrina konnte sie genau erkennen. Das strohblonde Haar, das ausladende Dekolleté. Sie wusste auch, dass Friederich des Nachts zu ihr in die Kammer schlich und sich mit ihr vergnügte. Aber Kathrina ertrug es, ohne es jemals zu erwähnen. So hatte sie mal Ruhe von den Gelüsten ihres Gemahls. Sie wandte ihren Blick ab und wollte sich wieder an ihre Stickerei setzen.

In diesem Augenblick klopfte es an der kleinen hölzernen Türe.

»Herein!«, rief Kathrina.

»Entschuldigung, meine edle Herrin«, bemerkte die Kammerzofe Agnes mit einem Knicks. Ihr Blick war demütig zu Boden gerichtet. »Das Abendmahl ist beim Sonnenuntergang angerichtet.«

»Dankeschön, Agnes.«

Kathrina schritt die Treppe hinunter. Sie trug ein dunkelblaues besticktes Kleid aus kostbarem Stoff. Ihre wunderschönen langen braunen Haare waren in kunstvolle Zöpfe geflochten und hochgesteckt. Sie war eine edle Burgherrin. Schön und elegant.

»Setzt Euch, meine Herrin«, begann Friederich, als er seine Gemahlin sah. Kathrina nickte ihm zu und nahm am anderen Ende des langen Holztisches Platz. Sofort wurden die Speisen aufgetragen.

»Ich habe Euch Pilze aus dem Wald mitgebracht und zubereiten lassen.« Er lächelte Kathrina an, sie erwiderte folgsam seine Geste. »Lasset es Euch schmecken.«

»Ich danke Euch, mein Herr«, bemerkte sie bescheiden.

Das Pilzragout schmeckte vorzüglich. Friederich schätzte es jedoch Fleisch zu essen, und zwar ausschließlich. Seine Essgewohnheiten konnte Kathrina nicht nachvollziehen. Der Wein war ein wenig zu säuerlich für den Gaumen der Burgherrin, trotzdem trank sie ihren Becher aus.

Am folgenden Tag ritt Friederich wieder zur Jagd. Der Spätsommer eignete sich dazu ausgezeichnet. Kathrina blieb zurück mit bangem Herzen. Sie wusste nicht genau, wieso sie sich so seltsam fühlte. Irgendetwas stimmte nicht. Am Abend wurde ihr übel. Dazu Magenkrämpfe, Schüttelfrost, Schwindel, Atemnot.

Sie ließ sich in ihre Kammer bringen, läutete ab und zu der Zofe. Ihr Zustand verschlechterte sich stündlich. Es wurde ein Medicus zu Rate gezogen, er konnte jedoch für Kathrina nichts mehr tun. Sie wandte sich vor Schmerzen, halluzinierte, strampelte, schrie. Es war entsetzlich anzusehen. Agnes und die anderen Mägde hatten sich um ihre sterbende Herrin versammelt.

»Was hat sie?«, fragte Agnes.

»Eine Vergiftung«, murmelte der Medicus. »Vielleicht ein schlechtes Kraut oder ...«

»Pilze!«, rief eine der Mägde aus. »Unser Herr hat gestern Pilze aus dem Wald geholt und sie für seine Gemahlin zubereiten lassen.«

»Weib, willst du etwa damit andeuten, dass der Freiherr Friederich seine Gemahlin vergiftet hat?«, fragt der Medicus drohend. Eine Ungeheuerlichkeit!

»Nein, natürlich nicht, edler Herr!«, erwidert die vorlaute Magd rasch.

»Freiherr Friederich kennt sich mit Pilzen nicht aus, vermute ich. Es ist ein bedauernswertes Missgeschick. Freiherrin Kathrina wird diese Nacht nicht überleben. Schickt ihm Kunde.«

Inzwischen war Kathrina in tiefe Bewusstlosigkeit gestürzt. Sie atmete kaum noch. Die Mägde und der Medicus verließen niedergeschlagen die Kammer. Agnes, die junge Kammerzofe blieb als Einzige am Lager ihrer Herrin sitzen, hielt ihre kühle schlaffe Hand. Sie wusste über Friederichs Machenschaften Bescheid. Jene Magd hatte selbst damit geprahlt, dass der Freiherr sie begehrte und des nächtens für ein Schäferstündlein vorbeikam. Es war einfach, zu erkennen, dass Friederich wieder frei sein wollte. Seine Gemahlin hatte er nie geliebt, er benutzte sie nur. Sie konnte ihm keine Kinder schenken und darum hatte er sie heimtückisch ermordet. Bald würde er wieder heiraten und alles würde von neuem beginnen.

»Arme Kathrina«, murmelte Agnes. Sie war mittlerweile sicher, dass ihre Herrin verstorben war. Sachte schloss sie Kathrinas leere Augen und deckte ihren Kopf mit der schweren Decke zu. Danach löschte sie das Kerzenlicht, bekreuzigte sich, sprach ein Ave Maria und schloss die Türe hinter sich. Sie musste nun den Verlust in der Burg kundtun.

Katharina Durrani

Das wasserdichte Alibi

Genau um 19 Uhr 30, als die Zeit-im-Bild-Moderatoren den Damen und Herren einen guten Abend wünschten, gellte ein Schuss durch die Dämmerung.

»Da hat jemand geschossen!«, rief Hubert Wessling aufgebracht zu seiner Frau und schaltete die Lautstärke des Fernsehers auf Null. »Das kam sicher vom Garten der Schliermanns!« Seine Frau Sophia, die gerade einen Teig rührte, versuchte ihn zu beruhigen. »Das könnte auch eine Fehlzündung gewesen sein, Hubsi! Du siehst überall Gespenster.«

»Ich werde doch eine Fehlzündung von einem Schuss unterscheiden können!«, empörte sich Wessling. »Die Schliermanns waren mir immer schon suspekt! Besonders er mit seiner protzigen Brille und dem lächerlichen Toupet!«, sagte er bestimmt, während er in seine ausgetretenen Clogs schlüpfte und durch die Terrassentür in den Garten ging.

Nach ein paar Sekunden kam er totenbleich wieder ins Haus und stammelte: »Ruf sofort die Polizei, die Schliermann ist erschossen worden!«

Eine halbe Stunde später war die Gasse in der Stadlauer Kleingartensiedlung von diversen Einsatzfahrzeugen bunt beleuchtet. Im winzigen Garten der Schliermanns war die Spurensicherung emsig an der Arbeit. Major Georg Janner schüttelte seine blonde Mähne und läutete bei den Wesslings.

»Ich habe Sie schon erwartet«, sagte Wessling geschäftig. »Es war nur eine Frage der Zeit, bis etwas passiert!«

»Wie meinen Sie das?«

»Die ewige Streiterei der beiden war Gesprächsthema in der ganzen Siedlung. Er ist ja ein fürchterlicher Weiberer, kein Kittel war vor dem sicher!«

»Sie meinen den Mann der Toten?«

»Genau. Thomas Schliermann, aber er nennt sich nur Tom. Ein ekelhafter Typ!«

»Haben Sie zufällig eine Handynummer von Ihm? Das würde mir einige Zeit sparen helfen.« »Sicherlich!«, sagte Wessling und kramte in einer Lade. »Hier bitte, beide Adressen stehen auch auf dieser Visitenkarte. Meistens schlief er nach einem Streit in der Stadtwohnung im 1. Bezirk. Er war ja immer was Besseres, was er uns auch spüren ließ. Mich würde nicht wundern, wenn er seine Frau erschossen hat!«

»Danke«, sagte Major Janner und verließ das kleine Haus, während er die Nummer wählte, die ihm Wessling gegeben hatte.

So sahen die Typen in den siebziger Jahren aus, dachte sich Janner, als Thomas Schliermann ihm die Türe öffnete. Eine riesengroße, dunkelbraun getönte Ray-Ban-Brille, streng gescheiteltes, dichtes, schwarzes Haar. Ein penetranter Alkoholgeruch schlug dem Major entgegen. Nach den üblichen Beileidsfloskeln wurde Janner direkter:

»Wo haben Sie sich in den letzten drei Stunden aufgehalten?«

»Wenn ich das wüsste!«, lallte Schliermann und grinste dämlich. »Warten Sie! Ich kann mich dunkel erinnern, dass mich irgend so ein Volltrottel vor die Türe gesetzt hat. Das war in dem Wirtshaus um die Ecke. Zum Heisl oder so hat es geheißen …«

Janner machte noch ein Foto mit seinem Handy von Schliermann und machte sich auf die Suche nach dem besagten Lokal.

Nach nicht einmal zehn Minuten betrat er die Gaststätte Zum Hiasl.

»Trink'n geht no, oba de Kuchl is seit ana Stund zua!«, begrüßte ihn unfreundlich der Wirt. »Polizei«, sagte Janner und zeigte seine Kokarde. Dann rief er auf seinem Handy das Foto von Schliermann auf und hielt es ihm unter die Nase.

»Jössas!«, schrie dieser auf. »Des deppate Oarschloch von heit!«

»Sie kennen ihn also!«, nickte Major Janner. »Wann und wie lange war er heute hier?« »Der is so um hoiba Siebane kumman, hot zwa, drei Bia und Schnops trunkn und woa recht stad. Oba noch hoiba Achte hot ea an murds Bahö gmocht, hot deppat umadum gschrian, so um Achte hob i eam donn ausseghaut.«

Janner bedankte sich. Schade, ein wasserdichtes Alibi, dachte er sich, dann müssen unsere Ermittlungen in eine andere Richtung gehen.

Am nächsten Tag traf Schliermann seinen alten Schulfreund Arthur Schulz. Dieser gab ihm ein Sackerl mit dem Zweittoupet und der Zweitbrille und strahlte übers ganze Gesicht. »Hat mir echt Spaß gemacht, dieser Schabernack. Und heute gehst du mit deiner Frau in dieses Wirtshaus? Hoffentlich lässt er dich überhaupt hinein. Ich habe ganz schön aufgedreht, wie du mir geraten hast. Ich wäre gerne ein Mauserl, wenn du den Wirt vorführst ...«

»Leider kannst du nicht dabei sein, Turli!«, sagte Schliermann, holte einen Revolver aus seiner Manteltasche und schoss ihm in den Kopf.

Alexander Kautz

Die Versuchung

Gestern sagte Hans:
»Che bello!«
Zum Vermieter.
Heute Morgen:
»Wie bezaubernd!«
Zu mir.

Geschenkt. Seh ich selbst. Altes Bauernhaus, grüne Zypressen, sanfte Hügel, weites Land. Mit einem Wort: am Arsch der Welt. Der brandneue Kaffeeautomat in der Küche ist ein schwacher Trost.

Italien, das sind doch Strände, Piazze, Espressi unter freiem Himmel im Gewühl, junge Leute, die auf Mofas vorbeiflitzen, winken, lachen, lärmen. Meine Welt. Auch die seine. Wäre da nicht die Versuchung. Für mich. Sie lauert überall.

Nun soll sie ausgeschaltet werden. Hier in der Einsamkeit. Freilich, meine Tricks darf ich üben. Davon lebe ich. Ganz gut sogar.

Nur ich übertreibe. Hans lässt mich gewähren. Für ihn bin ich eine statistische Größe. Seine Zwanzig-Prozent-Frau.

Zwanzig Prozent der Frauen werden straffällig. Keine Gewalttaten, oh nein, nichts Gravierendes, ein bisschen Taschendiebstahl, Trickbetrug, Täuschung. Um derartige Neigungen abzustellen, bedarf es keiner Psychotherapie, bloß zwischendurch einer Auszeit. Jetzt ist zwischendurch. Doch gerade dieses Zwischendurch ist reizvoll.

Es geht mir nicht um meine Sammlung. Sie ist langweilig, selbst wenn ich zuweilen darin wühle wie Dagobert Duck in den Talerbergen. Es geht um den Kick, den entscheidenden. Wann er eintritt, weiß ich nie.

Es gibt Männer, auf die ich nicht reagiere. Auf andere sehr wohl. Wie gestern auf den Vermieter, Herrn Corleone. War es der Name, der Erinnerungen an Der Pate wachrief? Oder war es diese eine Sekunde, in der er zu lange meine Hand hielt?

Was immer es war, ich musste zugreifen, während Hans unsere Vorräte in die Küche schleppte. Seine Vorstellung von den kommenden zwei Wochen: ich übend unter Zypressen, er am Herd.

Er will mich bei Laune halten. Dabei bin ich bestens gelaunt. Seit gestern. Hans glaubt, wegen der Pasta mit Tomaten und Basilikum. Tomaten und Basilikum machen glücklich. Das ist statistisch erwiesen. Auch Vanille gehört zu den Glücklichmachern. Die gab's heute Morgen im Joghurt. Einen akribisch abgestimmten Speiseplan hat er aufgestellt. Nur für mich. Hans ist süß.

Dass er mich nicht als Psychofall sieht, rechne ich ihm hoch an. Auch seine Idee, dass wir zur Ruhe kommen sollen, wir beide, eigentlich ich, hat was für sich. Und ich bin ruhig. Nach einem Tag Aufenthalt. Das überrascht Hans und bestätigt seine These, dass mir das Ausbleiben von Versuchungen guttun würde. Wenn er wüsste!

Ich verhalte mich nicht nach seinen üblichen makro- und mikroökonomischen Prognosen. Dafür müsste er die Tabellen und Tortendiagramme auf Nanoeinheiten herunterbrechen, und selbst dann wären die Formeln nutzlos. Zufälle werfen die raffiniertesten Berechnungen über den Haufen, sorgen für Ausreißer am oberen und unteren Ende der Skala. Menschliche Begegnungen stellen Weichen, die niemand vorhersagen kann.

Hätte ich als Kind nicht den einen bestimmten Jahrmarkt besucht, wäre ich nie Zauberkünstlerin geworden. Hätte Hans nicht diesen super Mathelehrer gehabt, wäre er nie Statistiker geworden. Und wäre gestern nicht Herr Corleone, sondern dessen Frau gekommen, um die Schlüssel zu übergeben, hätte sich dieser Pate nicht zu meiner persönlichen Statistik hinzugesellt. Auf den rezentesten Platz in der Zeitreihe. Mit seinem Kettchen.

Er wird es bereits vermissen und vergeblich nach ihm suchen. An mich und den Händedruck wird er nicht denken. Er wird glauben, er habe es verloren, irgendwo in seinem weitläufigen Weingut. Oder an der Tankstelle. Oder vor der Schule, wo er noch seine Tochter abholen wollte. Und ich werde das Kettchen nach unserer Rückkehr zu meiner Sammlung legen, nein, besser schon davor bei voller Fahrt aus dem Autofenster werfen, denn ich werde zurückkehren in die Stadt, ins Getümmel, wo

unter den Männern mit Siegelringen, Manschettenknöp-
fen, Krawattennadeln, Kettchen, Amuletten und Arm-
banduhren einer sein wird, der bei mir den nächsten
Kick auslöst. Che bello!

Eva Holzmair

In Zeiten wie diesen

Nie und nimmer würde der Verdacht auf sie fallen. Weil sie eine Frau war. Und die Statistik auf ihrer Seite war. In Zeiten wie diesen mordeten Männer. Vor allem Frauen.

Birgit drückte sich an die Wand hinter dem Container. Tanja leerte ihren Mist jeden Mittwoch aus, meistens genau eine Stunde, bevor der Müllwagen kam. Wer vier Monate arbeitslos war, hatte Zeit, die Nachbarinnen zu beobachten. Rühmte sich Tanja doch bei jedem zwanglosen Gespräch im Stiegenhaus damit, dass sie kaum Mist ‹produziere›, kaufe sie vorwiegend in Unverpackt-Läden und schränke zusätzlich ihren Konsum extrem ein, deshalb hätte sie allwöchentlich bloß einen kleinen Kübelinhalt zu entsorgen. Ja, genau, alles der Umwelt zuliebe, so wie sie sich anklebte, auf die Straße …

Birgit spürte, wie ihr der Schweiß langsam unter dem T-Shirt hinabfloss. Ihre Mutter hatte ihr das Auto geschenkt, einen roten Kleinwagen, praktisch beim Einparken und niedrig im Verbrauch. Birgits früherer Job war in der großen Fertigungshalle am Stadtrand Wiens gewesen, öffentlich kaum zu erreichen, vor allem nicht im Schichtbetrieb. Nur, dass diese Fabrik vor vier Monaten geschlossen worden war, Birgit deshalb auf Arbeitssuche war – und genau vorgestern endlich den ersten Bewerbungstermin angeboten bekommen hatte …

Birgit ging in die Knie, um nicht gesehen zu werden, denn Tanjas Schritte waren bereits zu hören, unverwechselbar in den hölzernen Öko-Schlappen. Die Tür wurde geöffnet, Tanja näherte sich dem Altpapiercontainer, klappte ihn auf, dann trat sie vor den Restmüllcontainer. Birgit presste die Augen fest zu, stemmte sich mit aller Kraft von der Wand ab, stieß den Container von sich weg, nahm nochmals Schwung, rammte den rollenden Müllbehälter immer fester gegen den weichen Körper. Während der letzten vier Monate hatte sie genügend Zeit gehabt, Oberarme zu trainieren.

Irgendwann war kein Atmen mehr zu hören. Birgit biss sich auf die Lippe, am liebsten hätte sie von einem Ohr bis zum anderen gegrinst. Tanja würde niemanden mehr daran hindern, eine Straße zu befahren, um rechtzeitig an einem Bewerbungsgespräch teilzunehmen. Und der Umwelt zuliebe gab es jede Woche um einen Kübelinhalt weniger Mist. Birgit schlich mit gesenktem Blick in das Stiegenhaus. In ihrer Wohnung zog sie die festen Arbeitshandschuhe aus, stopfte sie tief hinunter in den Müllsack, zwischen Bananenschalen und Joghurtbecher. Noch eine halbe Stunde, bis das Fahrzeug der MA 48 kam. Stimmung, sie brauchte die richtige Stimmung, brauchte Tränen, glaubwürdige, also Stöpsel ins Ohr … tears in heaven … Eric Clapton startete, während sie den Müllsack verknotete. Birgit trat langsam aus der Wohnung, raschelte mit dem Plastikbeutel, versperrte umständlich ihr Türschloss und – perfektes Timing: Der Nachbar samt Hund trat aus seiner Wohnung, blickte zu Birgit, grüßte, ehe er der Leine hinterherlief.

I´ll find my way … Sie öffnete den Müllraum, verharrte einen Moment und begann zu schreien, stürmte mit ihrem Plastiksack auf die Straße, brüllte ‹Hilfe›, so laut, dass es beinahe here in heaven übertonte, aber nur beinahe, während sie stolperte, wieder und wieder ‹Hilfe› schreiend. Der Nachbar war bereits in der Hundezone, drehte sich abrupt um und lief auf sie zu, gleichzeitig hielt der Müllwagen und die orangefarbenen Männer stiegen ab. Erschrocken sammelte einer ihren Mist auf, warf ihn samt den Handschuhen schwungvoll in die geöffnete Ladeklappe, der andere versuchte Birgit aufzufangen, die tränenüberströmt zum Müllraum zeigte. Ihr Zusammenbruch war perfekt, binnen weniger Minuten war allen Anwesenden klar, dass sie die schreckliche Erfahrung hatte machen müssen, eine Leiche zu entdecken. Der Nachbar telefonierte mit der Polizei und Birgit schluchzte.

I must be strong … Mitgefühl in den Gesichtern der eingetroffenen Polizeibeamten, reines Mitgefühl. Denn auch ihnen war klar: Statistisch gesehen ist eine Frau, die eine Frauenleiche entdeckt, nie und nimmer die Mörderin.

Silvia Hlavin

58

Eine späte Entdeckung

Die Gäste waren schon längst nach Hause gefahren. Ein gelungener Abend, dachte ich, als ich wieder ins Haus zurückkehrte, froh noch etwas frische Luft geschnappt zu haben, ehe ich zu Bett ging. Im Wohn- und Esszimmer betrachtete ich unwillig die Tische, auf denen sich die Reste unseres Mahls und die schmutzigen Gläser türmten. Sollte ich noch gleich oder erst nach dem Aufwachen wegräumen? Ich konnte mich nicht entscheiden. Während ich das Problem in meinen müden Kopf wälzte und mich langsam darüber zu ärgern begann, womit ich mich noch weit nach Mitternacht beschäftigte, fiel mein Blick – eher zufällig – auf die Wand neben dem Bücherregal. Dort hing normalerweise eine kleine Skizze von Egon Schiele, auf die ich sehr stolz war. Meinem Großvater wurde sie vom Maler, mit dem er befreundet war, geschenkt und ich hatte sie von ihm geerbt. Jetzt starrte mich dort ein weißer Fleck an. Er hob sich provozierend von der leicht vergilbten Tapete ab.

Verzweifelt versuchte ich mich zu erinnern, wann ich heute Abend das Bild zum letzten Mal gesehen hatte. Konnte es einer meiner Gäste gestohlen haben? Ich kannte sie alle sehr gut, war mit den meisten sogar befreundet. Zugegebenermaßen kannten sie alle das Bild. In meiner Besitzerfreude hatte ich ihnen oft die Geschichte erzählt, wie ich zu dem Bild gekommen war, dass es sich um ein Original handelte und ich sehr stolz darauf war. Jeder kannte seinen Wert.

Ich ging im Geiste nochmals jeden meiner Gäste durch. Wog ab, wem ich den Diebstahl zutraute. Eigentlich keinem, mussten sie doch damit rechnen, es nie aufhängen zu können, um es vor mir zu verbergen. Aus Geldgier schon gar nicht, keiner hatte es nötig, sein Vermögen auf so plumpe Weise zu vergrößern. Aber halt!
Die neue Freundin meines Kompagnons war heute zum ersten Mal bei mir zu Gast. Sie kannte ich noch nicht. Aber wie hätte sie das Bild mitsamt dem Rahmen aus dem Haus schmuggeln können? Sie hatte doch nur eine kleine Handtasche dabei und da passte das Bild nicht hinein. Aber ging sie nicht im Mantel weg? Ich versuchte meinen Kompagnon anzurufen, aber es meldete sich nur der Anrufbeantworter.

Systematisch schaute ich in alle Zimmer meines Hauses. Alle Fenster waren verschlossen. Nur im Badezimmer stand eines weit offen. Sollte dort ein Dieb eingestiegen sein, während meine Gäste aufbrachen, und dann zugeschlagen haben, als ich mich vor der Tür von ihnen verabschiedete? Für ihn ein riskantes Unterfangen, hätte doch nur noch jemand auf die Toilette gehen müssen, ehe er ging. Das fuhr mir durch den Kopf als ich schon den Telefonhörer in der Hand hielt, um die Polizei zu informieren.

Unschlüssig ging ich noch einmal zu der Stelle hin, wo das Bild früher hing. Erst als ich mir den hellen Fleck an der Wand genauer betrachtete, wozu ich mich über den Sessel beugen musste, der dort vor der Wand stand, bemerkte ich das Fehlen des Bilderhakens. Mein Blick folgte dem Fleck nach unten, aber die Sesselkante war im Weg. So schob ich den Sessel etwas nach vorne, bis ich den Boden sehen konnte. Zuerst entdeckte ich den Haken und dann das Bild, das schräg unter den Sessel gerutscht war.

Gerhard Appelshäuser

Mord oder nicht Mord

Nennen Sie mich Kemal – das genügt! Und ja, ich bin Österreicher, auch wenn Sie und die Behörden es nicht glauben.

Meine Eltern hatten eine äußerst beschwerliche Reise vom Libanon hierher zurückzulegen, doch bald nach ihrer Ankunft kam ich zur Welt. Also bin ich Österreicher, ist doch klar.

Leicht hatten sie und auch ich es aber nicht.

Vor allem die Schule bereitete mir Schwierigkeiten. Ich ließ mich viel zu leicht ablenken, hatte immer andere Dinge im Kopf. Schlimm wurde es in der Hauptschule. Die Lehrerin hatte es vor allem auf mich abgesehen. Sie verspottete mich, wenn ich gerade an ein Mädchen dachte, statt an Mathematik. Sie ließ mich nachsitzen, wenn meine Hausübung nicht vollständig war.

Sie redete über dumme Araber, die besser ihre Kamele hüten sollten, als einem österreichischen Kind einen Schulplatz wegzunehmen. Die Mitschüler lachten natürlich pflichtschuldig, waren froh, dass nicht sie an meiner Stelle waren. So gesehen war es kein Wunder, dass auch sie mich mieden.

Abgrundtiefer Hass baute sich in mir auf.

Der hielt auch an, als ich trotz allem die Schule abschloss und eine Schlosserlehre begann.

Warum gerade Schlosser, fragen Sie?

Rein aus Rachegefühlen. Ich wollte bei der Lehrerin einbrechen, alles Wertvolle mitnehmen, den Rest verwüsten, so dass sie sah, dass sich Araber nicht nur mit Kamelen beschäftigen können.

Leider fand ich nie ihre Adresse heraus und langsam, ganz langsam rückte sie in den Hintergrund. Bis ich sie bei einem Schaufensterbummel in einem Geschäft sah. Sie sah genau so aus, wie ich sie in Erinnerung hatte. Lange braune Haare und immer einen höhnischen Gesichtsausdruck aufgesetzt.

Ich brauchte ihr nur unauffällig zu folgen, um herauszufinden, wo sie wohnte, um endlich Rache an ihr zu nehmen.

Als ich ihr nachging, überfielen mich allmählich Zweifel. Ich hatte vor kurzem meinen dreißigsten Geburtstag gefeiert. Eigentlich müsste die Lehrerin doch schon eine alte Schachtel sein, nicht so jung, wie die Frau, die vor mir ging. War sie vielleicht ihre Tochter? Bestimmt - dachte ich. Das Gesicht, die dazu gehörende Miene – sie mussten verwandt sein.

Wenn ich die Alte nicht bekam, würde ich mich eben an die Junge halten.

Ausrauben brachte aber nichts. Nein! Ich musste sie ermorden, damit bei der Alten Heulen und Zähneklappern herrschte.

Ich merkte mir erst einmal die Adresse.

Einen Mord zu planen, beschäftigt nicht nur das Gehirn, sondern auch das Gemüt. Alles musste genau bedacht werden, Skrupel sollte man irgendwo verstecken.

Eine weitere Frage tat sich auf. Wie lernte ich sie kennen? Denn bei ihr einzubrechen, sie zu ermorden und sang- und klanglos wieder zu verschwinden, fand ich zu banal. Das konnte dann ja irgendwer getan haben.

Man findet für alles eine Lösung.

Schließlich war es so weit. Ich nahm sie mit in meine Wohnung. Sie schwieg zwar, kam aber bereitwillig mit in mein Bett.

Als ich auf ihr lag, begann ich die ganze Geschichte, wie ihre Mutter mich tyrannisierte, mich quälte und hochnäsig über mich lachte, zu erzählen. Ich denke, sie hörte aufmerksam zu, doch eine Entschuldigung kam nicht über ihre Lippen.

Damit hatte ich aber sowieso nicht gerechnet.

Ich hingegen sprach mein Bedauern aus, dass ich sie nun ermorden müsse, ein anständiger Mensch tut so etwas.

Ich umfasste ihren Hals und drückte zu. Sie wehrte sich nicht. In mir kam Hochgefühl auf, endlich konnte ich meine Rache ausführen, musste nie mehr an sie denken. Damit es schnell zu einem Ende kam, drückte ich immer fester zu.

Dann platzte die Gummihaut, pfeifend entwich die Luft.

Eric Manz

Von der Lust und der Liebe

Eigentlich war alles in Ordnung, Claudia fühlte sich seit langer Zeit wieder einmal pudelwohl. So wohl wie schon lange nicht. Jetzt, wo alles vorbei war, konnte sie an neuen Ufern anlegen. Sie hatte alles hinter sich gelassen, sie war frei – frei für eine neue Beziehung, frei für ein neues Leben.
Nur eine klitzekleine Kleinigkeit war noch zu erledigen. Und diese Kleinigkeit war ihr Ehemann im Wohnzimmer. Ihr geliebter Ehemann Harald, dem sie vor drei Jahren die ewige Treue schwor. Ein perfekter Liebhaber, egal zu welcher Tageszeit, es gab Tage da schwebte sie im siebenten Himmel der Liebe. Ein Körper wie Ronaldo, der portugiesische Fußballspieler, sportlich, durchtrainiert, kein Gramm Fett. Ein Mann zum Pferde stehlen, so wie es in den Romanen von Rosamunde Pilcher immer beschrieben wurde. Er las ihr jeden Wunsch von den Augen ab. Die Urlaube, die sie gemeinsam verbrachten, egal ob an der französischen Riviera oder in Dubai; die wunderbare Safari in Kenya …

Allerdings eine klitzekleine Kleinigkeit gab es, die Claudia übersehen hatte, denn wer sich im siebentem Himmel der Liebe befindet, der schaut nicht so genau hin, noch dazu, wenn man als Morgengabe einen wunderbaren Brillantring bekommt, der sicher mehr als zehntausend Euro gekostet hatte. Da sieht man nicht so genau hin, da freut man sich und da ist es auch kein Problem, den geliebten Ehemann einmal mit 2-3 tausend Euro auszuhelfen, wenn die Bankomatkarte gerade nicht mehr funktioniert – ist ja nur so lange, bis die neue Karte mit der Post kommt. Der Servicetermin des Porsche 960 Carrera war ja schon fixiert worden, da war ja die blöde Karte noch in Ordnung – und das Service musste eben gleich und zwar jetzt bezahlt werden.

Sie war so glücklich mit ihm; wenn sie ihn ansah, tanzten Sterne in ihren Augen, die Schmetterlinge im Bauch, dieses Gefühl so wunderbar, bis auf die klitzekleine Kleinigkeit die sie übersehen hatte. Der Duft seines Rasierwassers, wenn sie gemeinsam frühstückten – sie war verliebt in diesen Duft! In letzter Zeit kam es leider immer weniger zu solchen Momenten der Zweisamkeit.
Ja, man darf eben nicht übersehen, wenn man mit einem Schokoladenfabrikanten verheiratet ist, dass dieser sich auch hin und wieder um seine Fabrik kümmern muss.

Claudias Gestüt war durch die Zucht von Pferden für Trabrennen weit über die Grenzen bekannt und auf dem Gebiet führend. Schon einige der weltweit besten Tiere kamen aus dieser Zucht. Claudia liebte ihr Gestüt, ihre Pferde und eben Harald. Täglich verbrachte sie viele Stunden mit den Tieren, den Tiertrainern und den anderen Beschäftigten und natürlich auch mit Otto, der für die Verwaltung und die Zucht hervorragende Arbeit leistete. Otto war für sie so etwas wie eine Großvaterfigur – er arbeitete schon mit ihrem Vater zusammen und als ihre Eltern vor acht Jahren bei einem Verkehrsunfall ums Leben kamen, Claudia war damals neunzehn Jahre alt, war er immer für sie da und führte das Gestüt im Sinne ihres Vaters weiter. Claudia verließ sich in allen Belangen auf die Erfahrung Ottos, nur in einem Punkt war sie anderer Ansicht als Otto.

Und es war für Claudia ganz normal in Haralds Firma zu investieren, damit die Maschinen auf dem neuesten Stand produzieren konnten. Für den Kredit von 200.000 Euro belehnte sie ihr Gestüt, welches bei weitem mehr als das Dreifache wert war, als sie es von ihren Eltern geerbt hatte. Aber für zwei verliebte Menschen ist es doch ganz normal sich gegenseitig zu helfen, und Harald bedankte sich mit einer Nacht aus Lust und Leidenschaft! Hätte sie jedoch etwas genauer die Unterlagen der Bank gelesen, hätte sie vielleicht bemerkt, dass der Begünstigte des Kredites nicht eine Firma sondern ihr Mann Harald Oberhauser war. Und hätte sie etwas genauer die Unterlagen der Bank gelesen, dann hätte sie vielleicht bemerkt, dass bei der mit ihrem Mann besprochenen Summe von 200.000 Euro um eine Null zu viel auf dem Formular stand. Erst viel später, als die Summe bereits an ihren Mann ausbezahlt worden war, ist ihr die klitzekleine Kleinigkeit bewusst geworden und in Folge wurden ihr auch noch ein paar andere Kleinigkeiten bewusst. Eine davon war, dass ihr lieber Harald kein Schokoladenfabrikant, sondern Heiratsschwindler und spielsüchtig war. Ihre Nachforschungen ergaben, dass er ein Doppelleben führte und mit einer weiteren Frau verheiratet war und mit dieser zwei Kinder hatte.

Bei zwei der in der Nähe liegenden Spielcasinos hatte Harald Hausverbot und musste erst seine Schulden zahlen, außerdem war sein richtiger Name Klaus Rossberger. Der Porsche 960 Carrera wurde in der Zwischenzeit von der Leasingfirma wieder eingezogen, da niemand die Leasingraten bezahlt hatte.

Hätte sie das eine Mal doch auch auf Otto gehört, dann wäre ihr Gestüt jetzt nicht so hoch verschuldet, aber da das Anwesen einen excellenten Namen führte und europaweit und auch in Ländern Afrikas und Asiens bestens bekannt ist, war sie noch mit einem blauen Auge und mit einer Sicherstellung von Otto davongekommen.

Nur eine klitzekleine Kleinigkeit musste noch erledigt werden. Die Vorbereitungen waren diesbezüglich auch schon alle erledigt, die roten Rosen standen bereit. Claudia wartete nur noch auf den Wagen der Bestattung, welche den Sarg mit Harald Oberhauser alias Klaus Rossberger aus dem Wohnzimmer abholen sollte. Der schreckliche Reitunfall vor zwei Tagen hatte leider einem blühenden Leben ein unerwartetes aber rasches Ende bereitet. Der hinzugezogene Hausarzt konnte leider nur mehr den Tod durch Genickbruch feststellen.

Wolfgang Fenz

Freudensteins Skulptur

Kein Tag wie jeder andere war es heute für Albert von Freudenstein. Mit kindlicher Ungeduld erwartete er seine neueste Errungenschaft. Unverzüglich ließ er die Zufahrt zu seinem mehr als einen Hektar großen uneinsehbaren Grundstück öffnen.

Als Alleinerbe eines Großindustriellen aus Linz leistete er sich ein solches Anwesen. Der mysteriöse Tod seines Vaters blieb bis heute ungeklärt. Albert von Freudenstein, wie er sich selbst nannte, wollte sich nicht mehr an seinen richtigen Namen erinnern. Das Anwesen grenzte unmittelbar an den Wienerwald. Hier ließ er sich auch seine Villa mit allen Annehmlichkeiten errichten. Groß genug, damit auch sein Personal hier wohnte. Er selbst verließ das Grundstück äußerst selten, somit war er kaum in der Umgebung bekannt. Der plötzliche Reichtum stieg ihm zu Kopf. Er wurde schrullig und zusehends eigenartig. Die wenigen Leute, mit denen er verkehrte, nannten ihn einen verrückten Spinner. Sie selbst wiederum lebten besonders exzentrisch und kurios dahin. Für Außenstehende eher eine befremdlich bizarre Gesellschaft.

Nun war es so weit. Der Transporter durchfuhr die imposante Pforte des Anwesens. Der Kiesel knirschte unter dem schweren Fahrzeug, welches bis zum Zentrum des Gartens rollte. Der Fahrer hievte mittels Kran die tonnenschwere Bronzeskulptur auf einen vorbereiteten Sockel. Albert von Freudenstein beobachtete das Geschehen besonders deutlich und achtete auf eine präzise Platzierung. Nachdem dies geschah und der Wagen sich entfernte, begutachtete er die abstrakte Skulptur. Er hatte sie vor nicht allzu langer Zeit bei »Adam's Auctioneers of Dublin« gefunden. Ein Unikat, kreiert und schöpferisch hervorgebracht vom Genius James Thompson. Einige Skulpturen zierten die Parkanlage, doch diese war für ihn etwas Besonderes. Sie beeindruckte durch ihre herausragende Eleganz. Schon als er sie zum ersten Mal sah, war für ihn klar, dass er sie besitzen musste. »Gerade rechtzeitig«, dachte er bei sich. Seinen fünfzigsten Geburtstag würde er in wenigen Tagen feiern und dabei nicht ohne Stolz seinen Festgästen die Skulptur präsentieren.

Aber noch war es nicht so weit. Da er nichts dem Zufall überließ, überprüfte er die Organisation seiner Feierlichkeit. »Zum Teufel noch einmal«, fluchte er, als er bemerkte, dass Barbara von Dornbach nicht auf der Gästeliste stand. »Ausgerechnet sie«, dachte er. Ihr hatte er doch so viel zu verdanken. Ohne sie wäre vieles nicht möglich. Freilich wusste er, dass sie bei seinem Personal wegen ihrer anstrengenden Art unbeliebt war. Dennoch musste sie kommen. Sofort fügte er sie der Liste hinzu und ließ ihr unverzüglich eine persönliche Einladung zukommen. Nicht auszudenken, wenn eine für ihn so wichtige Person nicht bei seinem Geburtstag dabei wäre. Des Weiteren überarbeitete er die Bestellung für das Catering und ergänzte es nach seinen Wünschen.

Am Tag seines Geburtstages fanden sich bald die ersten Festgäste ein. Graf Seiersbach und Gattin trafen ein. Denen verdankte er den Umstand, dass er den Landbesitz erhalten hatte. Deshalb schätzte er ihre Freundschaft besonders.

Kurz darauf erschien Theodor von Neusiedl mit seiner charmanten Begleitung. Ein Frauenheld besonderer Klasse. Auch ihm war er sehr verbunden, denn er zählte zu seinen besten Geschäftspartnern.

Nachfolgend rollte der Wagen von Barbara von Dornbach in den Hof. Mit ihrer markanten Stimme sorgte sie stets für Unterhaltung. Waren ihre Dialoge ohne Tiefgang und unbedarft, genoss sie doch Einfluss und ihre Meinung hatte ausschlaggebenden Charakter.

Nach und nach füllte sich der Parkplatz mit schicken Limousinen. Die geladenen Gäste versammelten sich allesamt an der Rückseite der Villa. Albert von Freudenstein bat die Gesellschaft, sich rings um das üppige Buffet, welches er nach einer kurzen Festrede eröffnete, zu begeben. Mit Champagner wurde auf sein Wohl angestoßen. Barbara von Dornbach erlaubte sich einen Scherz und mimte eine Beschwipste. Sie tat es so ungeschickt, dass sie beinahe zu Fall kam. Theodor von Neusiedl war sofort zur Stelle und Sie glitt in seine Arme. Überschwänglich bedankte sie sich bei ihrem Retter.

74

In der weitreichenden Gartenanlage waren in großer Zahl Tische und Stühle platziert, sodass die Anwesenden bei Speis und Trank angemessen verweilen konnten.

An der Bar wurde eine vielfältige Auswahl an Getränken angeboten. Durchwegs kam das Angebot bestens an, und so manches Glas wurde des Öfteren gefüllt.

Nun war es an der Zeit, seinen Gästen die aktuelle Anschaffung zur Schau zu stellen. Gespannt folgten sie dem Gastgeber zum Zentrum der Anlage. Der Gang zur Skulptur wurde über die Lautsprecheranlage mit unaufdringlicher, harmonischer Musik begleitet. Nun aber war es an der Zeit, durch Hochziehen und Abheben der Verhüllung die wertvolle Plastik ans Licht zu bringen. Ein Raunen entwich der Menge, als die Skulptur sichtbar wurde. Stolz deutete Albert von Freudenstein mit offener Hand zur Plastik. Anerkennend applaudierte die Gesellschaft und begutachtete das Werk von allen Seiten. Besonders angetan von dem Standbild war Barbara von Dornbach. Flink bestieg sie den Sockel und steckte Ihren Kopf durch eine der zahlreichen Öffnungen. Übermütig trieb sie einige Albernheiten und unterhielt die Freunde. Durch Unvernunft und Leichtsinn rutschte sie auf der glatten Oberfläche des Fundaments aus. Sie kam mit Kopf und Hals in Schräglage und sofort bildete sich eine Schwellung. Damit wurde ein Rausziehen des Kopfes aus der Öffnung unmöglich. Albert von Freudenstein erkannte sofort den Ernst der Lage und rief nach seinem Personal, damit es passendes Werkzeug herbeischaffte. Rasch fanden sich zwei Angestellte vor Ort ein. Nach kurzer Abschätzung der Lage ergriff einer der beiden eine mächtige Axt und holte weit aus. Das Licht der untergehenden Sonne reflektierte am blanken Stahl des Werkzeuges, bevor es sein Ziel traf.

»Sie ist gerettet«, klang es wie aus einem Munde. Tatsächlich. Die Skulptur blieb unversehrt. Barbaras Kopf kollerte auf der feuchten Erde.

Leopold Fröhlich

Mareikes Tod

Die Nachricht von Mareikes Tod ereilte mich in einem steirischen Wellnesshotel. Den Namen der Luxusherberge habe ich inzwischen vergessen, aber ich weiß noch, dass es in einem Entspannungsraum war: Ich lag auf einem vorgewärmten Steinbett, in essigsaure Tonerde gewickelt, von bioenergetischem Licht bestrahlt wie eine Ägyptische Mumie, eingehüllt im Duftreigen einer eigens für mich konzipierten Aromatherapie. Ich war gegen fast alles allergisch: gegen Katzenhaare und Blütenpollen, gegen Filzpantoffel, feuchte Kinderhände und schlechten Rotwein. Ich lag also da und versuchte mich zu entspannen, dachte an die Werbekampagne, die ich erst am Nachmittag zuvor fertiggestellt hatte, wie üblich ein Wettlauf gegen sämtliche Fristen, schließlich die Online-Präsentation, gefolgt vom freundlichen Nicken der Auftraggeber, und danach ab ins Wochenende, in dieses Wellness-Hotel. Ruhe, Entspannung und Golf, inklusive Facelifting, Ayurveda-Ernährung, Feng-Shui-Massagen und Yoga. Ich fühlte mich beinahe wiedergeboren, als mein Handy das ›Air‹ von J.S.Bach zu intonieren begann.

Ich hätte den rechteckigen Suchtapparat nicht in den Entspannungsraum mitnehmen sollen, aber ich konnte mich kaum von meinem Heiligen Gral der Unruhe trennen. Ich seufzte und griff nach dem kleinen, silbernen Ding, beschmutzte es mit Gesundheitsschlamm und starrte auf das Display, bereit sofort aufzulegen, falls mein Chef dran war, aber nein: Er hielt sich offensichtlich an sein Versprechen, mich unter keinen Umständen zu stören. Die Nummer, die das Smartphone anzeigte, war der mobile Anschluss meiner besten Freundin Gaby. Wir beide kannten uns von der gemeinsamen Zeit an der Uni, hatten dieselben Vorlesungen besucht, waren in dieselben Theaterstücke gegangen und hatten dieselben Boutiquen, dieselben Winzer, dieselben Autorenfilme bevorzugt. Manchmal kam es mir vor, als wären wir ein und dieselbe Person, eine Art doppeltes Lottchen, das je eine halbe Karriere gemacht hatte: Gaby war Leiterin einer Non Profit Organisation geworden, und ich machte Werbekampagnen für Produkte, die kein Mensch wirklich brauchte. Gaby und ich verstanden einander trotzdem perfekt.

Mareike ist tot, heulte Gaby ins Telefon, und für ein paar Sekunden wurde mir schwarz vor den Augen. Mareike – ermordet – in ihrer Wohnung – die Polizei ermittelt – komm sofort. Das waren in etwa die Wörter, die ich aus Gabys Heulanfall heraushören konnte. Ich verharrte regungslos wie eine Python im Eisschrank. Ein Standbild, eine Schlusseinstellung: mein Körper, eingepackt unter einer braunen Lawine aus Schlamm. Ich spürte, wie die Haut trotz der wundersamen Tonerde wieder spröde und rissig wurde, wie die Gelenkschmerzen und die Verspannungen im Rückenbereich zurückkehrten.

Seufzend ließ ich das Handy zu Boden fallen, schloss die Augen und fühlte mich mehr als zerstört.

Mareike sollte tot sein? Ich konnte es kaum fassen. Wer um aller Welt hätte Interesse daran eine intelligente Frau, eine habilitierte Mathematikerin und angehende Unternehmerin, zu ermorden? Ein Geheimdienst, der hinter ihren Formeln und Theorien her war? Ein Irrer, der in ihre Wohnung eingedrungen war und hinter der Wohnzimmertür seinem Opfer aufgelauert hatte? Meine Vorliebe für Schlagzeilen und Katastrophenmeldungen, für billige Slogans und trashige Instagram-Reels kehrte zurück, mit einem Wort: Ich war wieder dieselbe. Aufgekratzt, von tausenden schrägen Metaphern durchbohrt, von einer Stressinsel zur nächsten hüpfend – ich hatte ihn wieder, den Alltag. Aus Gerüchten, Halbwahrheiten und Stressanfällen geflochten.

Feng-Shui und Ayurveda waren wieder vergessen. Die Bachblütentherapie war verwelkt und die Tonerde auf meinem Körper roch nach einem Moor voller Leichen. Die erhoffte Entspannung war weg. Ich fühlte mich begraben unter der angeblich so heilsamen Tonerde, bekam einen klaustrophobischen Anfall, schrie um Hilfe, und drei slowakische Therapeuten stürzten zur Türe herein, befreiten mich aus der Schlammpackung, wuschen mir die Kotze vom Kinn und offerierten ein Gläschen Sekt, das mich herunterholte von der Panikattacke, dann stand ich auf, noch immer benommen: von der Todesmeldung und der Macht des Schicksals erschlagen.

Ich packte meinen Koffer, steckte das Smartphone in die Handtasche, startete den Wagen in der Tiefgarage des Wellnesshotels und raste in die Großstadt zurück. Mindestens zehnmal blitzten scharf gestellte Radargeräte auf, bevor ich das Fahrzeug in die allerletzte Parklücke zwängte und wie eine Furie das trendige Lokal in der Innenstadt stürmte, wo Gaby schon auf mich wartete, mit schwarzen Ringen unter den Augen und einem halb geleerten Cognacschwenker vor sich – eine Natura Morta der Selbstzerstörung und des Werteverfalls, der absoluten Verzweiflung.

Ich brauchte nichts mehr zu sagen. Mareike war tot, seit gestern Abend bereits. Ich blickte Gaby tief in die Augen und ahnte, dass uns anstelle eines Alibis ein dunkles Geheimnis verband.

Gert Weihsmann

Venedig sehen und sterben

Meine Schwiegermutter Erni war einer der unglaublichsten Menschen, die ich in meinem Leben kennengelernt habe. Sie war organisiert, praktisch veranlagt und kommunikativ. Anders formuliert: Sie plante alles für uns, sie wusste und konnte alles besser und sie sagte immer und überall das, was sie sich dachte – meistens nichts Nettes. Zudem legte sie Wert auf höfliche Umgangsformen, das aber nur bei anderen. Ausserdem war sie ein Familienmensch. Deshalb wohnte sie bei uns, und mein Mann Franz musste nach ihrer Pfeife tanzen. Nur mich hatte Erni nicht im Griff, obwohl sie schwer daran arbeitete.

Als ich Franz kennenlernte, warnte er mich vor, dass seine Mutter nicht einfach sei. Das war die Untertreibung des Jahrhunderts. Sein Onkel brachte es bei unserer Hochzeit auf den Punkt, als er meinte: »Wenn die Erni mal stirbt, dann musst du ihr Schandmaul extra erschlagen, sonst keift sie weiter.« Er drückte mir nach der Trauung sein Beileid aus.

Dabei bin ich mit Franz glücklich. Davon abgesehen, dass er es nie schaffte, sich von seiner Mutter zu lösen, ist er ein toller Mann. Das ist auch der Grund, warum ich Erni in Kauf nahm. Ich gab täglich mein Bestes, schluckte tapfer ihre Beleidigungen hinunter und hatte meine eigene Taktik entwickelt, mit ihrer Art umzugehen. Ich mordete im Geiste. Mit Genugtuung stellte ich mir bei jeder ihrer Schimpftiraden vor, wie ich sie zur

Strecke bringen konnte. Bis ins Detail durchdachte Mordpläne lagen in meinem Kopf bereit.

Letztes Jahr feierten Franz und ich dann unsere Silberhochzeit, und ich hatte beschlossen, uns ein Geschenk zu machen. Offiziell eine Reise nach Venedig, inoffiziell eine Fahrt in die Freiheit. Doch das erforderte akribische Vorbereitung.

Auf die Idee war ich gekommen, als ich einige Monate zuvor in der Zeitung von einer Tragödie auf einem Campingplatz gelesen hatte. Ein tragischer Fall von Kohlenmonoxidvergiftung im Zelt aufgrund eines Gaskochers.

Daraufhin schmiedete ich meinen letzten Plan. Ich schenkte Franz zum Hochzeitstag eine Campingfahrt nach Venedig, inklusive Zeltausrüstung für zwei Personen. Erni reagierte wie geplant. Sie war zuerst stinksauer, fand dann aber einen Weg, um uns die Zweisamkeit zu vermiesen. Schließlich hatte sie uns noch nie allein verreisen lassen. Nach anfänglichem Unmut teilte sie uns drei Tage später mit, dass sie noch ein Geschenk für uns zum Jubiläum habe. Sie würde uns nach Venedig begleiten. Dafür hatte sie sich bereits ein kleines Zelt samt Luftmatratze und Schlafsack besorgt. Mein Plan war aufgegangen.

Franz stöhnte bei ihrer Mitteilung auf, widersprach ihr aber wie üblich nicht. Gut so. Ich wollte nämlich Erni das erste Mal in meinem Leben unbedingt mit auf Urlaub nehmen.

Gesagt, getan. Wie nicht anders zu erwarten, war Anfang April das Wetter für einen Campingurlaub in Oberitalien nicht besonders günstig. Und so standen wir mit unseren zwei Zelten in Mestre, nur wenige Kilometer entfernt von der wohl romantischsten Stadt der Welt. Es war kalt, und der Boden war vom vielen Regen matschig.

Am zweiten Abend schlief Franz bereits, als ich noch dick eingepackt unter unserem Vordach saß und mit einer Stirnlampe in einem Krimi las. Da streckte Erni den Kopf aus ihrem Zelt. Wie vermutet, beschwerte sie sich über den Regen, den beschissenen Urlaub und die Kälte. Noch nie hatte ich mich so über ihr Gekeife gefreut. Sie hielt sich perfekt an mein erdachtes Drehbuch. Bevor ich es mir noch anders überlegen konnte, gab ich ihr mit zuckersüßer Stimme den entscheidenden Ratschlag und sagte den Satz, den ich wochenlang vorbereitet hatte: »Du Erni, du kannst dir ja einfach ein wenig einheizen. Wenn du den Reißverschluss ganz zumachst und dir drinnen den kleinen Gaskocher aufdrehst, dann wird es schnell warm im Zelt. Das habe ich aus dem Internet.«

Entspannt lehnte ich mich in meinem Stuhl zurück und vertiefte mich erneut in mein Buch, während Erni samt Kocher in ihrem Zelt und damit aus unserem Leben verschwand. Ihr Pech, dass sie nie Zeitung las.

Ulrike Moshammer

Kaffeelikör

Jedes Jahr laden der Chef und seine Frau Helga, ich nenne sie Xanthippe, die drei Vorstandsmitglieder plus Chefsekretärin zum Weihnachtsessen ein.

Die Chefsekretärin, das bin ich. Und auch heuer muss ich wieder so tun, als wäre ich nur die Sekretärin. Seit Jahren warte ich darauf, dass sie sich endlich scheiden lässt. Ich leide mit dem Mann, den ich liebe. Patricks gequältes Gesicht, wann immer er mir von ihren Schikanen erzählt. »Sie ist krank, musste operiert werden, in zwei Monaten sieht es besser aus.« Und im April: »Ihre Mutter ist gestorben, ich muss ihr noch eine Zeit lang beistehen.« Im Herbst hatte sie dann den schweren Unfall. »Mit den Krücken ist sie völlig hilflos. Hab ein wenig Geduld.« Das Schlimmste jedoch war ihr Leid, weil der Sohn zum Studium nach Wien gezogen war. »Sie leidet darunter, Schatz, glaube mir. Ich muss aufpassen, dass sie nicht zu tief in Depressionen versinkt.«

Was für eine Scharade! Wien ist gerade mal eine halbe Stunde von uns entfernt!

Aber nun bin ich aktiv geworden. Bald hat das Spiel ein Ende und dem Glück von Patrick und mir wird nichts mehr im Wege stehen.

Wir begrüßen uns mit der Höflichkeit von zwei Klapperschlangen.

Xanthippe nimmt mein Mitbringsel freudig entgegen. »Kaffeelikör! Und noch dazu meine Lieblingsmarke. Wie reizend von Ihnen.«

Mich hat es auch gereizt. Nämlich mein selbst extrahiertes Tollkirschenextrakt mit einer Spritze durch den Korken zu injizieren. Es ist lächerlich einfach gewesen. Warum bin ich nicht schon früher auf die Idee gekommen? Als Hobby-Botanikerin kenne ich mich schließlich aus.

Den ganzen Abend muss ich zusehen, wie Patrick seine Hauskrähe hofiert, ihr Küsschen auf die Wangen drückt und mit der Hand über ihren Arm streicht. Wenn sie wüsste, dass es genau dieselbe Hand ist, die noch heute Vormittag spezielle Stellen von mir berührt hat. Ich schließe kurz die Augen und schwelge in der Vision einer verheißungsvollen Zukunft.

»Fräulein Anderle, träumen Sie?« Prokurist Meier legt seine verschwitzt fleischige Hand auf meine. »Doch nicht vor dem Tiramisu, darauf freue ich mich jedes Jahr.« Ein Grinsen verzerrt sein feistes Gesicht und entblößt schadhafte Zähne. Rasch sehe ich weg und stattdessen zu Patrick. Fesch ist er heute wieder, das sandfarbene Sakko mit dem roten Hemd passt so gut zu seinem dunklen Haar.

In seinen blauen Augen könnte ich ertrinken!

Da kommt auch schon die Hausfrau mit dem traditionellen Tiramisu. Tradition! Lächerlich. Ich vermute, es ist die einzige Nachspeise, die sie hinkriegt. Alle klatschen begeistert.

Immerhin schmeckt sie. Rasch lenke ich mich mit einem weiteren Löffel der Creme ab, ehe ich mich noch durch meine sehnsüchtigen Blicke zu Patrick verrate.

Geduld! Bald gehört er mir allein.

Minutenlang löffeln alle schweigend und seufzen genussvoll.

Nun klopft Xanthippe ans Glas. Alle Köpfe heben sich, die meisten haben ihre Nachspeise beendet. »Ihr Lieben! Ich muss etwas sagen. Mein Mann betrügt mich.«

Totenstille.

»Ja, ich weiß es schon länger.« Ihr Blick fällt auf mich. Mir ist auf einmal eiskalt, Schleier tanzen vor meinen Augen.

»Aber Helga, Mäuschen, ich bitte dich.« Patricks Stimme klingt fast weinerlich. Er steht auf und streckt seiner Frau die Hände hin. Weichei!

Was ist das? Taumelt er etwa? Er muss sich an der Stuhllehne festhalten.

»Ihr wusstet es alle und habt euch hinter meinem Rücken über mich lustig gemacht.« Gemurmel setzt ein. Prokurist Meier kippt vornüber, mit dem Gesicht in den Rest seines Tiramisus. Personalchef Biederstädt verdreht die Augen und gleitet geräuschlos vom Stuhl. Und – nein – mein geliebter Patrick stürzt zu Boden wie ein gefällter Baum.

Weshalb sehe ich alles wie durch Milchglas?

»Schmeckt es euch? Heuer habe ich es mit einer neuen Zutat verfeinert. Gut, dass meine beste Freundin Apothekerin ist. Ihr werdet nicht leiden müssen, obwohl, verdient hättet ihr es.«

Das letzte, was ich sehe, ist Xanthippes gehässiges Grinsen, wie sie sich ein Gläschen eingießt. Aus meiner mitgebrachten Flasche.

Lotte R. Wöss

Ein perfekter Mord

Frank und Andrea hatten sich mit Anfang zwanzig kennengelernt. Sie arbeitete als Kassiererin in einem Supermarkt und beobachtete ihn dabei, wie er sich einen »Fünf-Finger-Rabatt« an ihrer Kassa genehmigte – und zeigte ihn an. Seither waren die beiden unzertrennlich.

Ihre kleine Zweizimmerwohnung konnte sich das Paar gerade einmal so leisten, alles andere nicht. Aber das störte sie nicht. Denn neben ihrer Leidenschaft füreinander vereinte sie noch etwas: die Leidenschaft für Lotteriespiele und die unbeugsame Gewissheit, irgendwann im Lotto zu gewinnen – und zwar so richtig.

Diese Gewissheit wurde zwei Jahrzehnte lang hart auf die Probe gestellt, bis sie vor zwei Jahren tatsächlich Wirklichkeit wurde. Ein Solosechser beim Dreifach-Jackpot brachte ihnen acht Millionen Euro.

Als erstes kündigten beide ihre Jobs. Gute Entscheidungen brauchten Zeit, und die musste man sich nehmen können. Dann kauften sie eine Villa am Stadtrand, inklusive Pool, Kinoraum und Doppelgarage. Zu guter Letzt begaben sich Frank und Andrea auf Selbstfindungsreise – ohne die Fesseln pekuniärer Zwänge. Frank fand Gefallen am Spekulieren mit Kryptowährungen. Andrea fand ihre innere Balance im Ziegen-Yoga und der Fürsorge der dafür notwendigen Tiere, die zu Franks Missbilligung seinen penibel gepflegten Zierrasen verunstalteten.

Je mehr Zeit verstrich, umso mehr lebten sich die beiden auseinander. Andrea glaubte an eine temporäre Beziehungskrise und empfand das als nicht weiter schlimm. Frank jedoch schon. Er wollte eine standesgemäße Jet-Set-Tussi an seiner Seite, keine ziegenstreichelnde Öko-Maus. Zudem erwuchs in ihm der Wunsch, aus dem gemeinsamen Hab und Gut sein Alleiniges zu machen. Aber wie?

Schließlich kam ihm die Erleuchtung: Andrea sollte aus freien Stücken aus dem Leben scheiden. Die Frage der Umsetzung klärte sich eines Abends im Heimkino beim Film »Schtonk!«, einer grandiosen Groteske über die Fälschung der Hitler-Tagebücher. Da war sie, die Antwort!

Nacht für Nacht begann Frank, die Villa minutiös nach Handschriftlichem von Andrea abzusuchen – Einkaufslisten, Post-its, bis hin zu einem alten Tagebuch, das sie in ihrem Nachtkästchen aufbewahrte. Denn, das hatte er recherchiert, forensische Gutachten basierten immer auf dem Vergleich eines Schriftstücks mit einem anderen. Andreas Abschiedsbrief musste also eindeutig ihr zuweisbar sein. Und da es heutzutage kaum noch Handschriftliches im Haushalt gab, musste das Vergleichsstück, was die Polizei sicherstellte, auch von "Andrea" sein. Die Duplikate in Handschrift fertigte eine Obdachlose für Frank an, die dieser mit einer beträchtlichen Summe köderte.

Schließlich war es so weit. Frank peppte Andreas frischgepressten Multivitaminsaft mit Schlaftabletten auf, schleifte dann seine bewusstlos gewordene Noch-Ehefrau in die Garage und hievte sie in seinen neuerworbenen SUV. Den von der Obdachlosen verfassten Abschiedsbrief platzierte er neben Andrea auf dem Beifahrersitz und startete den Motor.

Euphorisiert setzte Frank sich in sein Heimkino, genoss, während »Schtonk!« erneut lief, einen sündhaft teuren Cognac, kubanische Zigarren und die Vorfreude darüber, dass er Witwer sein würde, ehe der Film vorbei war.

Was Frank nicht wusste, war, dass das fortwährende Brummen des Verbrennungsmotors in der Garage Andreas Ziegen unruhig werden ließ, die sich unweit in ihrem Gehege befanden. Schließlich stieß eines der Tiere die Tür der Einzäunung auf und galoppierte quer über den Rasen zum künstlich angelegten Teich. Dort »störte« es Andreas Kater dabei, wie dieser die Kois darin beobachtete. Genervt trat die Samtpfote den Rückzug an, entdeckte dabei einen frechen Spatz und jagte ihm hinterher. Die Grundstücksumzäunung aus Aluminiumstäben vermochte dem Jagdinstinkt des Stubentigers keinen Einhalt gebieten. Einer Dogge jedoch schon, der sich der Kater mit einem Mal gegenübersah.

Der riesige Hund riss sich los, jagte dem Kater nach. Der drückte sich fauchend gegen ein Garagentor, das Fell gesträubt. Die Dogge setzte zum Sprung an. Der Kater wich im letzten Augenblick aus, der Hund krachte mit voller Wucht gegen das Tor. Dies aktivierte den Bewegungssensor, der die Doppelgarage öffnete, in der der SUV mit laufendem Motor stand.

Gerade als der Abspann zu »Schtonk!« begann, erhob sich Frank, von Alkohol und Tabak herrlich illuminiert, um seinen »Trauergang« zur Garage anzutreten, als es an der Haustür klingelte. Den Anblick der zwei Polizisten und Andrea, die hinter den beiden stand, würde Frank lebenslänglich nicht mehr vergessen.

Bastian Zach

Lord Nelson

»Lord Nelson! Wo bist du? Lord Nelson!«, Tamara ruft durchs Zimmer. Ihr kleiner Kater hat sich wieder versteckt. Das kleine weiße Knäuel ist nicht zu sehen. »Ja wo bist du denn. Frauchen hat ein Leckerli für dich«, lockt sie nochmal. Dann hat sie ihn erspäht. Ganz hinten im Eck der Couch liegt er zusammengerollt und rührt sich nicht. Mit ihren langen rotlackierten Fingernägeln greift sie unter das Sofa und zieht den kleinen Kater am Fell heraus. »Na, du bist mir vielleicht einer. Schau dich an, jetzt hast du dein Fell voller Staub.«

Tamara hat das kleine Tier von einer Freundin geschenkt bekommen. Die meinte, ein wenig Leben in ihrer Wohnung täte ihr gut. Nun, das war wohl ein wenig falsch gedacht, denn Tamara wollte eigentlich niemanden um sich, weder Mensch noch Tier. Sie ist eine Perfektionistin, bis ins letzte Detail. Ihre Wohnung gleicht einem Museum »Modern Art«, alles hat seinen Platz und nichts darf verändert werden, auch wenn sie manchmal das eine oder andere Staubwölkchen übersieht. Das ist auch mit ein Grund, warum Tamara keine Besucher empfängt. Die könnten womöglich irgendein Teil verschieben, verändern oder verdrücken. Mit Widerwillen hat sie das Tier in Empfang genommen. Sie fand es kurz auch putzig und kaufte ein Päckchen Trockenfutter. Aber schon am zweiten Tag nervte sie das Tier und sie verfolgte den Kater durch die ganze Wohnung, um sofort jegliche Verschmutzung zu entfernen.

Jetzt trägt sie den kleinen Kater in die Küche, setzt ihn auf den Boden und schüttet etwas Milch, gemischt mit warmem Wasser, in eine kleine Schüssel. Der Kater will aber nicht trinken. Er dreht sich um und macht sich auf den Weg zurück ins Wohnzimmer. Eigentlich will er nur seine Ruhe haben. Aber wenn Tamara sich etwas in den Kopf setzt, dann gibt es keine Widerrede, nicht einmal ein »Widermiauen«! Sie krallt sich Lord Nelson und setzt ihn wieder vor die Schüssel. Er sträubt sich, stellt die Haare auf und brummt bedrohlich.

Tamara verliert die Geduld. »Blödes Vieh, trinkst du jetzt endlich«, zischt sie das Tier an und gleichzeitig tunkt sie seinen Kopf in die Milchschüssel. Der Kater kreischt, zerkratzt mit seinen kleinen Krallen Tamaras Haut an der Hand und flitzt, wie vom Teufel verfolgt, unter das Sofa. Mit Herzklopfen und weit aufgerissenen Augen liegt er bibbernd im Eck und schaut in Richtung Couchtisch. Tamara flucht derweil über ihren Kater und holt sich ein Taschentuch, das sie über die blutenden Kratzer legt. Als Lord Nelson die Schritte seines Frauchens näher kommen sieht, duckt er sich. Er möchte jetzt nichts mit ihr zu tun haben. Tamara setzt sich auf die Couch und lässt den Kater Kater sein.

Tags darauf ist Tamara zu einem Kaffeekränzchen bei ihrer Freundin Elsa eingeladen. Sie macht sich besonders hübsch, trägt ihre teure Parfumcreme auf und zieht sich ein hellgelbes Sommerkleid an. Sie vergisst die Creme wieder zuzuschrauben und lässt diese auf dem Waschbecken stehen. Dann verlässt sie die Wohnung.

Jetzt hat Lord Nelson sozusagen »freie Stube«. Nach längerem Warten und Horchen kommt er aus seinem Versteck hervor, er hat gewaltigen Durst und Hunger. Aber sein Frauchen ist ein böses Frauchen und hat alles Essbare weggeräumt. Laut miauend läuft er durch die Wohnung, hüpft auf die Küchenkästen, leckt aus dem Abwaschbecken einige Tropfen Wasser auf und findet ein Brotkrümel, das er gleich gierig zerbeißt. Dann läuft er durch den Gang ins Bad und springt auf das Waschbecken. Dort steht die Dose mit cremigem Inhalt. Lord Nelson schnuppert mit seinem Näschen daran und tupft mit seiner linken Pfote in den Tiegel, dann mit der anderen, schließlich hüpft er zurück auf den Badeteppich und die Dose fällt ebenfalls herunter, zerspringt in tausende kleine Scherben und sein Inhalt verteilt sich schmierig auf den Fliesen. Lord Nelson geht mit seinen fettdurchtränkten Pfoten quer durch alle Räume der Wohnung, hinterlässt seine Spuren überall und trollt sich schließlich laut vor Hunger miauend wieder in sein Versteck im Eck der Couch.

Gegen Abend kommt Tamara nach Hause und bleibt, nachdem sie die Türe aufgesperrt hat, mit weit aufgerissenen Augen wie angewurzelt im Vorzimmer stehen. Was ist denn das! Überall finden sich kleine weiß-cremige Tapser, kreuz und quer verteilt. Auf Zehenspitzen geht sie durch alle Räume und betrachtet voll Entsetzen die cremigen Abdrücke. Im Bad bemerkt sie die zerbrochene Dose ihrer sündteuren Parfümcreme. Jetzt ist das Maß voll. Tamara zieht ihre Stöckelschuhe aus, stellt ihre Handtasche am Vorzimmerkästchen ab und dann geht sie ins Wohnzimmer. Sie packt den Kopfteil ihrer Couch, zieht diesen energisch von der Wand weg und greift sich das kleine weiße Knäuel. »Na, was hast du da wieder angestellt! Bist wohl ins Fettnäpfchen getreten und hast dieses in der ganzen Wohnung verteilt. Da machst du mir wirklich große Freude! Du blödes Vieh, du Dreckschleuder, du Vermaledeite!!!« Voll Zorn packte sie das kleine Tier, öffnete das Fenster und wirft den kleinen Kater, ohne mit der Wimper zu zucken und mit einem bösartigen Zug um ihren Mund, aus dem Fenster des 9. Stockes ihrer Wohnung. Dann holt sie sich die Gummihandschuhe und Putzzeug und beginnt die Wohnung zu reinigen.

Am Asphalt vor dem Haus sehen Fußgänger ein zerschmettertes kleines weißes Knäuel mit blutdurchtränktem Fell und verrenkten Gliedmaßen. Keiner beachtet diesen toten Körper, der eigentlich nur etwas Liebe und etwas zu Fressen wollte.

Gabriele Grausgruber

Monster und andere Mitbewohner

Das Geschrei schmerzt in meinen Ohren. Könnte ich sie mir bloß zuhalten. Wichtiger ist es, ein Versteck zu finden. Der Lärm hat Krallen, die nach mir schlagen und Tommys Heulen lenkt mich ab. Etwas zerschellt an der Wand, Scherben prasseln auf mich nieder. Ich renne los. Nur fort – raus aus dem Bad, ins Schlafzimmer. Läuft er mir hinterher? Da, meine Rettung: das Bett. Ich mache mich flach, rutsche darunter. Das Herz rast. Hier im Halbdunkel entsteht ein trügerisches Gefühl von Sicherheit.

Ich weiß, dass es die nicht gibt. Aber - ich kann warten.

Zwischen Bierdosen, Schokopapier, einigen Ameisen und ganz vielen Staubwolken schmiege ich mich in den Schatten, hoffe unsichtbar zu bleiben. Er soll auf mich vergessen. Er ist gefährlich.

Macht Schmerzen.

Seine Stimme schwillt an, ist lauter als Donnergrollen und darauf folgt immer eine Entladung. Immer.

Etwas fällt zu Boden, direkt auf das Bett zu. Der Kleiderständer! Ich ducke mich. Ziehe mich noch weiter zurück.

Mutter schreit spitz auf. »Lass den Jungen in Ruhe!«

Ein klatschendes Geräusch folgt. Und wieder. Und wieder. Da wird es vor mir dunkel. Beine schieben sich unter das Bett. Bedrängen mich. Der kleine Körper schlüpft vollständig in mein Versteck. Tommy. Er ist leichenblass, riecht säuerlich nach Schweiß und Urin. Augen und Backen sind geschwollen, aus seinem Mund kommt kein Ton, trotzdem schüttelt ihn ein inneres Schluchzen. Ich vergesse alle Panik und rücke näher zu ihm. Berühre seine klebrige Wange. Draußen zerschellt die Nachttischlampe. Das Klirren mischt sich mit Gebrüll und Schmerzenslauten. Tommys Erstarrung fällt ab. Er presst die Augenlider zusammen, legt den Arm um mich, klammert sich an. Ich spüre, wie sehr er mich braucht, lasse ihn gewähren. Die Kleinen müssen beschützt werden. In diesem Haus ist alles falsch.

Ein dumpfer Aufschlag, das Bett erbebt. Mutters Körper rollt herab, bleibt mit dem Rücken zu uns liegen. Sie steht nicht wieder auf. Bewegt sich kein bisschen.

Tommy flüstert: »Mama.« Keine Reaktion.

Vorsichtig robbe ich einige Zentimeter näher zu ihr, möchte sie anstupsen, traue mich nicht.

Jetzt sollte es vorbei sein mit dem Krach. Er wird gehen. Mutter wird sich das Blut vom Gesicht waschen, die Scherben aufkehren und Tommy in die Dusche bringen. Sich zu ihm ins Kinderbett legen und ich werde dort auf sie warten.

Ich spitze die Ohren, lausche hinaus. Keine Schritte, keine Tür schlägt.

Er ist hier. Wieso geht er nicht?

Ein Stöhnen dringt zu uns unters Bett. Nicht von Mutter. Es ist seine Reibeisenstimme. »Verdammte Scheiße. Das blöde Weib bringt mich noch um.« Wieder Stöhnen.

Dann ein Plumpsen, als wäre sein fetter Körper gegen die Kommode gefallen. Hat Mutter zuvor doch noch die Krallen ausgefahren und ihn verletzt?

Vorsichtig strecke ich den Kopf hervor, blinzle. An Mutter vorbei sehe ich ihn an die Wand gelehnt sitzen. Die Hand presst gegen das Brustbein. »Scheiß Herz. Daran ist SIE schuld!« Ein hasserfüllter Blick streift mich. Er ist für Mutter bestimmt. Trotzdem zucke ich zusammen. Hat er mich gesehen?

Sein Gesicht ist schmerzverzerrt. Nein, er registriert mich nicht.

Ich rieche Krankheit. Ich rieche Tod.

»Kann jemand von euch Nichtsnutzen aufstehen, mein Handy aus dem Bad holen?«

Seine Frage bleibt unbeantwortete. Tommy wird im Versteck bleiben, solange das Monster in der Wohnung ist. Unter Mutters Augenlider nur ein Zucken. Das ist alles.

»Ich brauche einen Notarzt, verdammt! Mein Her - «

Es ist Zeit, sage ich mir. Langsamer als der Mond über den Himmel wandert, schiebe ich mich unter dem Bett vor – immer die Augen auf das Monster gerichtet. Meine Schritte sind lautlos, meine Bewegungen fließend. Er bemerkt mich nicht.

Ich umrunde ihn so weitläufig, wie es das kleine Zimmer zulässt. Bewegt er sich, erstarre ich.

»Hilfe«, röchelt er, kippt zur Seite. Seine Lippen sind blau, der Versuch ins Bad zu robben, scheint ihn viel

Kraft zu kosten. Vor dem Durchgang knicken seine Arme ein.

Ich muss vor ihm im Bad sein. Mein Mut steigt. Schon kauere ich mich hin, spanne den Körper bis zum Anschlag an. Jetzt! Ich stoße mich ab, springe über das Monster hinweg ins Bad, gleich weiter auf den Waschtisch, lande neben dem Handy, am Rand zum WC. Ein Blick zurück bestätigt mir: Er liegt immer noch am Boden und starrt mich verdutzt an.

Ich lecke über meine Pfote, erwidere seinen Blick, ohne zu blinzeln. Fühle bei jeder Bewegung die Schmerzen, die er mir zugefügt hat. Kralle für Kralle hat er herausgerissen, weil ich Tommy verteidigt habe.

So aufrecht eine Katze nur sitzen kann, hebe ich stolz mein Haupt, schiebe mit der Pfote das Handy über die Kante. Platsch. Es landet in der Porzellanschüssel. Mit einem Satz springe ich auf die Taste am Wasserbecken. Es rauscht und gluckert. In der Muschel steigt das Wasser, reißt das Gerät mit sich.

Ich setzte mich mit Blick zum sterbenden Monster hin, lege den Schwanz über meine Vorderpfoten. Denn ich kann warten.

Petra K. Gungl

Epilog

Wir, die Österreichischen KrimiautorInnen, hoben 2022 den ersten Band der »MordsZeit« - Serie ins Leben der Krimiwelt. Damals dachten wir, dass es ein einmaliges Büchlein wird, denn die Idee, aus den 5-Minuten-Krimis, die unsere Autorinnen und Autoren für die BuchWien schrieben, in ein Buch zu packen, war schon sehr skurril. immerhin hatte ich für das Zusammentragen der Stories, das Illustrieren, Lektorieren, Setzen und Gestalten von Innenteil und Cover nicht einmal zwei Monate Zeit.

Präsentiert haben wir das Buch bei der BuchWien und unsere Leserinnen und Leser waren so begeistert, dass die erste Auflage in zwei Tagen vergriffen war. Natürlich wollten auch weitere KrimiAutorInnen für die MordsZeit schreiben, da wir damit auch eine ordentliche Summe an die Kinderkrebshilfe übergeben konnten. Also … ging es gleich weiter.

Inzwischen begleitet mich die MordsZeit das ganze Jahr. Viele Autorinnen und Autoren reichen Kurzkrimis ein und während ich diesen dritten Band fertigstelle, trudeln bereits Beiträge für Band vier ein.

Nebenher schreiben wir an einer Ausgabe für die Jugend, die MordsZeit-Young, die dann 2025 erscheinen wird.

An dieser Stelle bedanke ich mich von ganzem Herzen bei meinen Kolleginnen und Kollegen der Österreichischen KrimiAutorInnen. Sie alle stellen ihre Geschichten gratis zur Verfügung und so können wir den gesamten Erlös aus den Buchverkäufen spenden.

Ihnen, liebe Leserinnen und Leser, wünschen wir viel Lesevergnügen und spannendes Eintauchen in die Welt der Krimiliteratur.

Ihre Karina Pfolz

Autorinnen und Autoren
in chonologischer Reihenfolge

Appelshäuser, Gerhard

»Eine späte Entdeckung«, Seite 59

Der Autor lebt in Wien und hat in der Pension mit dem Schreiben begonnen. Zuerst verfasste er Kurzgeschichten und dann wagte er sich an Romane, genauer gesagt an Kriminalromane. Davon sind in den Jahren sieben erschienen. Als Motiv gibt er an, die grauen Zellen im Alter nicht einrosten lassen zu wollen. Darüber hinaus interessiert ihn das Hintergründige, das Skurrile und das zutiefst menschliche Böse.

Durrani, Katharina

»Die Burgherrin«, Seite 41

Katharina Durrani, geboren 1971, absolvierte nach der Matura die Buchhandelslehre, danach den Lehrgang Grafikdesign an der Wiener Kunstschule. Sie verfasst Gedichte und Kurzgeschichten. Weiters liebt sie es, in verschiedenen Techniken zu malen und wie beim Schreiben ihrer Fantasie freien Lauf zu lassen. Sie lebt mit ihrem Mann und ihren vier Kindern in Wiener Neustadt.

Der Thriller »Der Corvinusbecher« ist ihr erster Roman dieses Genres. Inspiriert von ihrer Heimatstadt Wiener Neustadt und von den Orten ihrer Kindheit, hat Katharina Durrani einen spannenden, abwechslungsreichen Thriller mit überraschenden Wendungen geschaffen.

Fenz, Wolfgang

»Von der Lust und der Liebe«, Seite 66

1956 in Wiener Neustadt (Niederösterreich) geboren. Nach den Pflichtschulen schlug er eine technische Ausbildung (HTL-Maschinenbau) ein, bereits in diesen Jahren verspürte er den Wunsch Kriminalromane zu schreiben. Dies verwirklichte Wolfgang Fenz erst in der Zeit zwischen 2010-2012 - in dieser Zeit entstand sein erstes Werk »Mit den Bienen kam der Tod«. 2016 folgte: »Leichen lächeln nicht«, und zuletzt erschien »Mit Agenten spielt man nicht.

Ferchländer, Beate

»Fallhöhe«, Seite 16

Beate Ferchländer wurde 1961 in Scheibbs, Niederösterreich, geboren. Beruflich verschlug es sie als Lehrerin ins Weinviertel, wo sie auch heute noch mit ihrem Mann lebt.

Geschrieben hat sie, seit sie einen Stift halten konnte, mal mehr, mal weniger. Jetzt, wo ihre Kinder außer Haus sind, ist das Schreiben wieder an vorderste Front gerückt.

Ihr großes Vorbild ist Ingrid Noll, auch sie hat erst jenseits der 50 erstmals veröffentlicht. Humor und Spannung sind der Autorin wichtig, das Leben ist ernst genug.

Fröhlich, Leopold

»Freudensteins Skulptur«, Seite 71

Leopold Fröhlich wurde 1963 in Österreich, nahe Wien, geboren. Er arbeitet bei einer renommierten Maschinenbaufirma. Seit 2012 schreibt er als Leopold F Kurzgeschichten und Gedichte, die er auf der Autorenplattform »Mystorys.de« veröffentlicht. Weiters ist er in zahlreichen Anthologien des Karina Verlages vertreten. Seine Arbeiten präsentiert er auch bei Lesungen in Wien.

Grausgruber, Gabriele
»Lord Nelson«, Seite 95

Geb. 1957, verheiratet, wohnhaft in Gurten/OÖ, Schriftstellerin, Malerin.

Zwölf Kinderbücher sowie Bücher in Mundart und Hochdeutsch für Erwachsene wurden bereits veröffentlicht. 2023 Herausgabe des 1.Krimis.

Diverse Auszeichnungen und Veröffentlichungen in Anthologien und Medien.

Veröffentlichungen in der Frankfurter Bibliothek/Brentano.

Anerkennungspreise beim Int. Kinder-u. Jugendwettbewerb Schwanenstadt.

Aufführung von Theaterkurzkrimis in Wien. Texte für Literaturprogramm bei Radio 889FM Kultur, Berlin und dem Freien Radio Innviertel.

http://www.grausgruber-gaby.com/

Gungl, Petra K., alias Petra Liebkind

»Monster und andere Mitbewohner«, Seite 100

Sie lebt in Wien & Niederösterreich – und fürs geschriebene Wort. Zu Beginn noch als Juristin, mittlerweile hauptberuflich als Autorin, Herausgeberin und professionelle Sprecherin. Für die Autorin ist das Kung Fu-Training die wichtigste Kraftquelle, was zur romantischen Komödie: Kung Fu Mama, PIPER Verlag, führte.
Daneben ist Gungl Initiatorin und Organisatorin von MORD VOR ORT, Krimifest Purkersdorf und engagiert sich für die KollegInnen der Österreichischen KrimiautorInnen e.v. sowie die internationale Autorinnenvereinigung Die Mörderischen Schwestern e.V.
Bislang sind fünf Romane sowie zahlreiche Kurzgeschichten erschienen. Brandneu: die Hörbuch-Trilogie MODERN WITCH-Diabolische List, auf allen großen Portalen zum Download.
Mehr Infos zur Autorin:
www.petrakgungl.com

Hlavin, Silvia

»In Zeiten wie diesen«, Seite 55

Seit 2002 veröffentlicht sie in diversen Literaturzeit-
schriften, Haiku- und anderen Anthologien. Ihr Debüt-
roman »Sein Rosenturm« erschien 2012 und inzwischen
folgten drei weitere Romane.

Holzmair, Eva

»Die Versuchung«, Seite 51

Eva Holzmair wurde in Korneuburg geboren und ist in Wien aufgewachsen, wo sie nach Abschluss eines Dolmetschstudiums lebt und arbeitet. Seit mehreren Jahren ist sie auch literarisch tätig mit Veröffentlichungen von Romanen, Erzählungen, Krimis und Theaterstücken. Darin wechselt sie gerne die Sprachebenen und streut fremdsprachige Elemente ein.
Die Welt ist bunt, und mit ihr die Sprache!

Kautz, Alexander

»Mord im Wurstelprater«, Seite 20
»Das wasserdichte Alibi«, Seite 46

In Wien geboren und aufgewachsen, genießt als Grafiker seit über 30 Jahren die Lebensqualität und den Ausblick ins Grüne in Niederösterreich. Die enge Beziehung zu seiner Lieblingsstadt Wien und ihren Eigenheiten und Einwohnern bringt ihn trotzdem immer wieder dorthin zurück, vor allem auch in seinen Büchern.

So stolpert der Hauptakteur seiner Kriminalfälle, der Grafiker Jonathan Graberth, in seinen Urwiener Stammbeisln und Lieblingscafés nicht nur über skurrile Persönlichkeiten, sondern hin und wieder auch über Leichen und mysteriöse Mordfälle.

Bereits erschienene Kriminalromane: »Sugar Dead« und »Wiener Gier« und die Kurzkrimis »Täter, Tote & Toxine«.

Manz, Eric

»Mord oder nicht Mord«, Seite 62

Geboren im September 1943 in Mödling. Nach Studium an der HTL Mödling und TU Wien Übernahme des väterlichen Gewerbebetriebs.

Zum Schreiben erst durch eine Astrologin gekommen, die meinte, mit seinem Sternzeichen und dem dazugehörenden Aszendenten bliebe nichts anderes übrig als zu Schreiben.

Kochbücher liegen ihm nicht besonders am Herzen, also verfasst er Kriminalromane. Davon gibt es bereits elf Bände, die alle im Verlag »Federfrei« erschienen.

Moshammer, Ulrike

»Venedig sehen und sterben«, Seite 82

Ulrike Moshammer wurde 1975 in Vöcklabruck geboren, wo sie auch heute noch mit ihrer Familie lebt. Eine zweite Heimat hat sie in dem kleinen Kurort Bad Gastein gefunden, der sie mit seinem morbiden Charme und seiner mondänen Geschichte schon lange fasziniert. Sie hat in Salzburg Germanistik studiert, schreibt für ein Schülermagazin und arbeitet als freie Lektorin für Verlage und Selfpublisher.
www.ulrike-moshammer.at

Pfolz, Karin(a)

»Rotes Leben«, Seite 11

Die Autorin und Malerin lebt in Wien. Sie schreibt im Genre Thriller und Kinderbücher, die sie auch illustriert. Sie schreibt auch unter dem Pseudonym Ali Bi.

Sie ist mehrfache Preisträgerin für Ihre Bücher und die Illustrationen der Kunstbücher »Poetessa« brachten ihr bereits drei Auszeichnungen des ArtMuseumLuxemburg. Ihre Wien-Thriller »Vienna Sports«, 2021, und »Asche der Gier«, 2023, werden von der Stadt Wien-Kultur gefördert. 2024 wurde sie mit dem Lions Club Nachhaltigkeitspreis für ihre Jugendseminare »Literatur in der Gewaltprävention« ausgezeichnet.

Pfolz ist Mitglied der »KrimiautorInnen« und der »Mörderischen Schwestern« und unterstützt mit ihrem Wirken unter anderen die Autonomen Österr. Frauenhäuser, und die Kinderkrebshilfe Wien. Zudem ist sie Obmann-Stv der WKO Wien, Buch- und Medienwirtschaft.

120

Preitler, Franz
»Sarah in the City«, Seite 24

Franz Preitler, aufgewachsen in der Steiermark, in Langenwang im Mürztal, publiziert seit 2005 Bücher und ist Herausgeber und Mitautor von Anthologien. Er organisiert Literatur- und Kulturveranstaltungen und ist bekannt als Nach-Erzähler von Sagen und Legenden rund um seine Heimat. Der Bestsellerautor möchte die Leser mit Erzählungen aus der Geschichte berühren und durch sie die Vergangenheit lebendig vermitteln und vor dem Vergessen bewahren. Seit März 2019 arbeitet Franz Preitler im Vorstand des renommierten steirischen Literatur- und Kulturvereins Rosegger[bund] Waldheimat. Preitler hält Lesungen sowie Vorträge zu seinen Büchern, nutzt erfolgreich Web und Social-Media und ist durch die Presse in der Steiermark bekannt.

Schmid, Ernst

»Mord im Kellertrift«, Seite 6

Geboren 1958 in Jenbach/Tirol. Kindheit und Jugend in Schärding. Lebt in Linz und Haugsdorf.

Bisher hat er 5 Gedichtbände und 16 Kriminalromane veröffentlicht. Zahlreiche Kurzkrimis in Anthologien und Zeitschriften.

Theiss Jenna

»Mordslebensretter«, Seite 37

Sie ist dort geboren und aufgewachsen, wo einst Kaiserin Sisi Urlaub machte – in Bad Ischl, in unmittelbarer Nähe der Kaiservilla. Nach der Matura studierte sie Psychologie, Pädagogik und Musik in Salzburg.

Geschrieben hat sie, seit sie einen Stift halten konnte. Ihre erste Veröffentlichung war ein Märchen, das sie im Alter von zehn Jahren für die Kinderzeitschrift »Wunderwelt« verfasste.

Später verschlug es sie nach Berlin. Heute lebt sie mit ihrem Mann und vielen Tieren auf einem alten Bauernhof im Berliner Umland, ist als Musikerin und Dozentin tätig und schreibt unter anderem Namen Sachbücher.

Ihre Kriminalromane sind eine wichtige Verbindung zur alten Heimat – sie spielen alle im Salzkammergut und in Salzburg. www.jenna-theiss-krimis.com

Weihsmann, Gert
»Mareikes Tod«, Seite 77

1961 in Villach geboren, lebt seit mehr als drei Jahrzehnten in Wien. Nachdem Gert Weihsmann zwanzig Jahre im Management eines internationalen Getränkekonzerns beschäftigt war, widmet er sich nun ausschließlich dem Verfassen von Kriminalromanen. Nach seinem Debüt „Ischgler Schnee" (2021) folgte „Wiener Lied" (2022), beide im Gmeiner-Verlag erschienen. Am 9.10.2024 erscheint sein dritter Krimi - ebenfalls wieder im Gmeiner-Verlag: „Pistentod in Lech", der sich auf satirische Weise mit dem erbarmungslosen Konkurrenzkampf zwischen zwei prestigereichen Wintersportorten beschäftigt.

Wieser, Gudrun

»Fünf Minuten «, Seite 28

»Der Professor«, Seite 32

Gudrun Wieser (geb. 1987) machte ihre Matura bei den Ursulinen in Graz (damals noch eine reine Mädchenschule), darauf folgte das Lehramtsstudium für Deutsch und Latein an der Karl Franzens Universität in Graz. Aus Leidenschaft für die alten Sprachen hängte sie 2017 noch ein Doktorat in Klassischer Philologie (Latein) in Graz und Wien an. Als Lehrerin verschlug es sie schließlich an das geschichtsträchtige Akademische Gymnasium Graz, wo sie nun Latein, Deutsch, Interkulturelles Soziales Lernen und Darstellendes Spiel unterrichtet.

Daneben tritt sie als Erzählerin allein und als Duo Wieser&Wiesler mit der Schauspielerin und Autorin Marion Wiesler auf. 2024 wurde sie mit dem Newcomer Award des Grazer FineCrime Festivals ausgezeichnet.

Wöss, Lotte R.
»Kaffeelikör«, Seite 86

Lotte Reingard Wöss, geboren 1959 in Graz, absolvierte nach der Matura die Ausbildung zur Diplom-Kranken-schwester. Sie ist verheiratet, hat drei Kinder, mittlerweile fünf Enkelkinder und lebt in Vorarlberg.

Schon als Kind schrieb und dichtete sie, doch erst im reiferen Alter fand sie zurück zu ihrer Leidenschaft, dem Schreiben. Ihr erster Thriller »Kaltblütige Abrechnung« erschien 2019. Mittlerweile hat sie zahlreiche Liebesromane, Thriller und auch Kurzgeschichten veröffentlicht, sowohl im SP als auch in Verlagen.

Wöss ist Mitglied bei den *Mörderischen Schwestern*, den *Krimiautor*innen Österreich* sowie bei *Romane made in Austria*.

126

Zach, Bastian

»Ein perfekter Mord«, Seite 91

Bastian Zach, geboren 1973 in Leoben, lebt als selbständiger Roman- und Drehbuchautor in seiner Wahlheimat Wien. Gemeinsam mit Matthias Bauer verfasste er die Bestseller-Roman-Trilogie „Morbus Dei" bei Haymon, das zweibändige Abenteuer „Das Blut der Pikten" und die epische historische Familiensaga „Tränen der Erde" / „Das Reich der zwei Kreuze" bei Heyne.
Sein Kriminalroman-Debüt „Donaumelodien – Praterblut" im Gmeiner-Verlag wurde 2020 für den Leo-Perutz-Preis nominiert. Es folgten drei weitere Teile („Totentaufe", „Leichenschmaus" und „Fiakertod"), sowie die Kurzgeschichten-Bände „Donaumelodien – morbide Geschichten", „O Tannengrauen" und „O Weihnachtsgrauen", sowie der Metal-Krimi „Death over Wacken".

Mehr unter: www.bastianzach.com

Der Kauf dieses Buches unterstützt die:

https://kinderkrebshilfe.wien

Gemeinsam schaffen wir Perspektive.

Spendenkonto:

BAWAG PSK
IBAN: AT25 1400 0063 1066 6066
BIC: BAWAATWW